珊瑚の骨

Kano Naruse
成瀬かの

CHARADE BUNKO

Illustration

六芦かえで

CONTENTS

【 Prologue 】

「瑛《えい》、前を見てごらん」

言われるまま顔を正面に向けた瑛は、弾《はじ》かれたように眼《め》を逸《そ》らした。

鏡張りのクロゼットには両手を後ろで戒められた白い裸身が映っている。中心部を硬くいきりたたせた己の淫猥《いんわい》な姿に、目眩《めまい》がしそうだ。

「いやだ、兄さん……ッ！」

抵抗は無意味だった。

「見るんだ」

痛いほど強く顎《あご》を摑《つか》まれ、前を向かされる。

瑛は軽く皺《しわ》の寄った母のベッドカバーの上に、正座を崩したようなしどけない格好で座り込んでいた。

肌は桜色に紅潮している。特に少し垂れ気味の目元は泣いた後のように充血し、潤《ぬ》んでいた。反り返った小振りのペニスは鴇色《ときいろ》に色づき震え、とろとろと伝い落ちる先走りで濡れている。

乱れた瑛と異なり兄は平然としていた。眼鏡《めがね》の奥の瞳《ひとみ》は蛇のように冷ややかなまま、興奮している様子など微塵《みじん》もない。白いシャツも上に羽織った黒っぽいカーディガンも、ボタン一つ外していない。

瑛だけがあさましい欲望を剝《む》き出しにしている。

瑛を鏡に向かわせたまま、兄はもう一方の手で瑛の足の間を探り始めた。

「ああ……あ」

瑛は震える溜息《ためいき》をつく。

掌《てのひら》に包まれると、感じてはいけないのに熱が上がった。激しく扱《しご》き上げられると己を抑えられず、身悶《みもだ》えてしまう。我慢できず漏らしてしまった先走りが兄の手の滑りをよくし、更に瑛を追いつめた。

感じてしまう己に対する嫌悪と肉の悦《よろこ》び、相反するふたつの感情に翻弄《ほんろう》される。

「あああっ、イヤ、兄さん……っ。にいさ、あ、あ……っ」

鏡の中、恥ずかしげもなく悶える己の姿に、瑛は泣きたくなった。

股間《こかん》のモノはあろう事か兄の手の中でいまにも逐情しようとしている。

あ……あ、イく。

その瞬間が訪れる気配に、瑛は激しく腰をくねらせた。だがあと少し、というところで兄が手を離してしまう。

危うくもっととねだりそうになり、瑛は唇を噛《か》んだ。その胸元を、体液でぬめる兄の指がつまむ。

「あ……っあん……っ」

両方一緒にこねられると、電流に似た痺《しび》れが腰にまで走った。幾度となく兄にいじくられてきた瑛のそこは、男性のものとは思えない程感じやすくなっている。そうでなくてもイく寸前にまで高ぶっていた軀《からだ》である。与えられた強過ぎる刺激に、瑛は狂乱した。

だらしなく露を垂らしながら瑛はもどかしげに腰を揺する。ペニスがゆらゆら揺れた。何かに擦《こす》りつけたくて仕方がないのに、後ろ手に拘束された上、兄に後ろから抱え込まれるような格好で責められていては欲求を満たす事ができない。

突き出した胸元を、兄がぞっとする程優しく嬲《なぶ》り続ける。

「いやらしいな、瑛は」

「ああ……っ、は……っ」

硬くしこったそこを転がされるとたまらなかった。

反り返った腰に、ざらついた布があたる。兄のスラックスの生地だとぼんやり知覚し、瑛はぎくりとした。兄のそこが不自然に隆起している。

兄もまた勃起《ぼっき》しているのだ、と理解した途端、鳥肌が立った。瑛は狂ったように軀を揺さぶり兄から逃れようとした。

「許して……許して、兄さん……」

兄が嗤《わら》った。

「何を許すんだ、瑛？」

鏡の中の兄は、とても楽しそうだった。

兄は、瑛を苦しめて楽しんでいる。

兄は瑛が嫌いなのだ。

――瑛の目元に涙が滲《にじ》んだ。

「手……っ、外して……っ」

「外したらどうする気だ？　自分でいじるのか？」

耳元で囁《ささや》かれ、瑛は俯《うつむ》く。

そんな事、しない。

そう言いたかったが、もし手を解放されたらそうしかねない自分を瑛は知っていた。瑛の躯はとても淫乱なのだ。兄の、言う通りに。

欲望をコントロールできない己が惨めで、でもどうしようもなくて、瑛は力なく首を振った。

自分の弱々しい風情が兄の嗜虐心《しぎゃくしん》を煽《あお》るのだと、瑛は気づいていない。

「おねがい、兄さん……」

どうしてこんな事になってしまうんだろう。

瑛にはわからない。


帰宅するまでは、いい気分だった。

時刻は真夜中に近く、通りには誰《だれ》もいなかった。子供の金切り声も車の喧騒《けんそう》も騒々しいばかりのテレビの音も——人の気配など何一つなく、世界には瑛しかいないみたいだった。

広い世界に、瑛ひとりだけ。

なんて素敵なんだろうと瑛は虚《うつ》ろな笑みを浮かべた。

夕食と共に口にした梅酒の酔いも手伝い、瑛はご機嫌だった。手に提げたビニール袋が歩く度かさこそ小さな音を立てる。月の光に煌々《こうこう》と照らされた夜道は明るい。

瑛は顔を仰向《あおむ》け、天空の満月を見上げた。

こんな月の夜は何もかもがうまくいきそうな気がする。魔法使いが出てくるお伽噺《とぎばなし》のように、不思議な奇跡が起こりそう。

でも自宅のマンションに近づくにつれ、心拍数が上がり始めた。ビニール袋を持つ掌に嫌な汗が浮いてくる。

——帰りたくない。

だが瑛は、軀の奥底から湧《わ》き上がってくる心の声を無視した。

なぜなら、自分の家に——家族の許《もと》に帰るのに、脅《おび》えるなんて間違っているからだ。

マンションの扉を開けると、突き当たりのリビングにはまだ明かりが灯《とも》っていた。開け放した扉の向こうに、新聞を読んでいる兄が見える。完璧《かんぺき》に整えられた黒い髪に、理知的な容《よう》貌《ぼう》。母親似で柔らかな雰囲気の瑛とはまるで似ていない。

靴を脱ぎながらただいま兄さんと言うと、兄はちらりと眼を上げ、おかえり瑛と呟《つぶや》いた。

その声の調子に何かを感じ瑛は動きを止めた。

勝手に軀が強張《こわば》り、兄の気配を窺《うかが》う。

新聞を読み続ける兄の頰《ほお》に、うっすらと笑みが刷《は》かれた。

「そんな所に突っ立っていないで、風呂《ふろ》に入ってこい、瑛」

——風呂に。

今夜の己の運命を悟り、瑛は全身を戦慄《わなな》かせた。

兄は今日、機嫌が悪いらしい。

それでも諦《あきら》めがつかず、おずおずと廊下を進みリビングに入ると、瑛はビニール袋を差し出した。

「兄さん、あの、これ、お土産《みやげ》」

気嫌を取ろうとする瑛に兄は目もくれない。白々とした人工の光に照らし出されたリビングに、新聞をめくるぱりぱりという音だけが響く。

瑛はまるでピエロだった。宙に浮いた右腕が空《むな》しい。

仕方なく瑛は、受け取ってもらえなかったビニール袋をテーブルに置いた。足を引きずり、いいつけ通りバスルームへと向かう。

震える手で扉の鍵《かぎ》をかけ、ネクタイを引き抜いた。ワイシャツのボタンを外そうとしてひどく指が震えている事に気づき、顔を歪《ゆが》める。

――いやだ。どうしよう。

逃げ出したかったが、そんな事は許されない。――そう軀に叩《たた》き込まれている。それに瑛には兄に逆らう権利などない。

洗面台に浅く腰掛け、両手で顔を覆う。だがすぐまた神経質な仕草で髪を頭蓋骨《ずがいこつ》に沿って撫《な》で上げ、立ち上がった。何かに追われるように急いでシャツを脱ぎ、浴室の重い硝子《ガラス》の引き戸を開ける。

兄は待たされるのが好きではない。待たせれば待たせる程、機嫌が悪くなる。

丹念に軀を洗いながら、瑛は自分に言い聞かせた。

ほんの少し我慢していればいいだけだ。すぐに終わる。あんなの、なんて事ない。なんて事、ないだろ?

……なんて事、ないのに。

泣きたくなった。

絶望的な気分で瑛は壁に額を押しつけた。

外国製なのだと聞いている群青のタイルはひんやりと冷たい。頭から降り注ぐ湯に白い泡が流れてゆく。

何度か大きく息を吐き、なんとか気分を落ち着けると、瑛はバスルームを出た。引き戸を開けた途端、脱衣室に湯気が流れ込む。

洗面台の鏡の中に自分が映っているのが見えた。湯気の向こうにぼんやり見える姿は線が細く頼りなげで、とても二十八歳になる大人の男には見えない。

子栗鼠《こりす》を思わせる黒目がちの瞳。日に焼けた事のない、白い軀。背ばかり伸びて中身の成長が伴っていない、未熟な生き物。

リビングへ戻ると兄はまだ新聞を読んでいた。瑛が戻ってきたのに気がつきちらりと眼を上げる。兄の口元に満足げな笑みが浮かんだのを認め、瑛はひどく惨めな気分になった。

瑛は、裸だった。何一つ身につけていない。痩《や》せ過ぎてあばらが数えられる胸も、縮み上がった性器も、何もかもが露《あら》わになっている。

こんな格好でうろうろするのはイヤだったが、服を着る事は禁じられていた。

新聞を畳んだ兄は立ち上がると、リビングの明かりを消し廊下へと出た。廊下はひどく暗かったが、兄は迷いなくひとつの部屋の前で立ち止まる。瑛の部屋でも兄の部屋でもない。そこは瑛の母の部屋の前だった。

どう考えても悪趣味な選択だ。だがだからこそ兄はこの部屋を選んだのだろうという事もわかっていた。

ドアノブに手をかけた兄が大人しく後をついてきた瑛を振り返る。瑛もまた暗澹《あんたん》たる気分で闇《やみ》に溶け込んだ兄の顔を見つめ返した。

扉を開けると、仄《ほの》かに甘い香りがした。

室内はがらんとしている。

白い鏡台の上には殆ど内身のない香水の瓶が残っていた。かつて指輪やネックレスできらびやかに飾られていた小さな金のツリーには、銀色の指輪がひとつだけ揺れている。瑛の母の結婚指輪だ。

彼女はもう此処《ここ》にはいなかった。だから部屋には空の鏡台とベッド以外何もない。瑛が一四歳の時、彼女は離婚して家を出ていってしまった。それから瑛は一度も彼女に会っていない。彼女は会いたいと時々電話をかけてきたが、瑛には応じられなかった。

母は父親が瑛にそうするよう命じたのだと思っているようだが、それは間違っていた。瑛が彼女と会うのを禁じているのは兄だ。

兄がそんな事を命じる理由は明快だった。

兄は母と瑛が、――家族のすべてが、嫌いなのだ。

でも瑛は兄を非難する気にはなれなかった。兄がこんなふうになってしまったのは決して兄だけのせいではないと、知っているからだ。

「後ろを向きなさい」

ベッドの前で兄は瑛を待っている。薄暗い部屋に、兄が着ている清潔なシャツが白く浮き上がって見える。兄の前に進み出て言う通りにすべきなのに、瑛の足は動かない。兄が手でもてあそんでいる、銀色に光るものが怖いのだ。

「瑛？」

兄がわずかに首を傾ける。足に根が生えてしまったかのように凝然と突っ立っている瑛の許へとすたすたと戻ってくる。

「兄さん……あの、もう、こんな事やめよう……？」

青ざめ震えている瑛に、兄は口元だけで微笑《ほほえ》みかけた。冷たい笑みに瑛は凍りつく。

いきなり引っぱたかれ、視界ががくりと揺れた。口の中に妙に甘ったるい血の味が広がる。かあっと頭に血が上ったが、瑛は奥歯を噛《か》み締め不穏な感情を圧殺した。

兄を憎んだりしてはいけない。

多分兄は仕事で何か厭《いや》な目に遭《あ》って、それで虫の居所が悪いのだ。でも、瑛が我慢していれば、きっと機嫌を直してくれる。

兄が機械的に繰り返す。

「後ろを向け」

瑛は震えながら兄の命令に従った。

背後から腕を掴まれ、まだ前の傷も癒《い》えていない手首に手錠がかけられる。左右の手首を短い鎖で繋《つな》がれ、瑛は肌に触れる無骨な金属の冷たさに身震いした。

肩を押され、ベッドに腰掛ける。かちりと小さな音がして、照明が灯った。眼を眩《くら》ませる光の中、罪人のような瑛の姿が露わになる。

脅えきった裸の瑛の前に襟元ひとつ乱していない兄が立った。

——怖い。

眼の前にいるのは確かに血を分けた兄なのに、これから何をされるのかと思うと、怖くて怖くてたまらない。

震える瑛の頬に、ひんやりと乾いた兄の手が添えられる。

「今日は帰りが遅かったな、瑛」

瑛は早口に答えた。

「奥多摩《おくたま》まで先生の取材に同行して、その流れで夕食に誘われてしまったから……」

瑛は出版社に勤めていた。文芸単行本の編集が瑛の仕事だ。企画から担当作家の取材の手配まで、仕事は多岐にわたる。

「どの先生だ？」

兄は瑛が何をやっているのか、誰と関《かか》わっているのか逐一知りたがった。時には干渉しようとさえする。個人名を出したくはなかったが、瑛は兄には逆らえなかった。

「N先生……」

「ふん」

期待の新鋭ともてはやされる作家の名を聞いた兄は、くだらないと言わんばかりに鼻を鳴らした。

「明日の予定は」

「遅くなり、ます。S先生の奥様が亡くなられて、斎場の受付を頼まれたので」

「本当か？」

「ほんとう、です」

瑛は兄には嘘《うそ》をつけない。つこうとも思わない。だが兄は瑛の言葉を信じようとしない。

「まあいい。通夜が終わったら、一度メールを入れろ」

「はい、兄さん」

蛇のような笑みが兄の顔を覆った。

「いい子だ」

更に顔が下がってきて、頬に何かが触れる。長く伸ばした舌に顎からこめかみまでねっとりと舐《な》め上げられる。

濡れた生あたたかいものが肌を這《は》いずってゆく感覚に、瑛は総毛立った。

「……っ」

ひんやりとした指が、無防備な瑛の下腹に絡みついてくる。

「ヤッ……やだ、兄さん……」

瑛は狼狽《うろた》え身をよじった。

本当に、イヤだった。だが冷たい掌がいつものように動き始めると、瑛のモノは瑛の意志を無視し熱を帯びた。長い時間をかけて仕込まれた軀は、兄が与える快楽を貪欲《どんよく》に享受しようとする。

気持ち、いい。

少し痛いくらいに薄い皮膚を擦られると否定しようのない愉悦が瑛をおののかせた。柔らかかった陰茎が張りつめ硬度を増す。瑛が確かに感じている事を、つまびらかにしてしまう。

兄の手を振り払いたかったが、両手は後ろで手錠に繋《つな》がれている。感じ始めた軀にはもう力が入らない。それに逃げようとなんかしたらまた殴られるかもしれない。そう思ったら頭の芯《しん》が痺れたようになり、瑛は動けなくなってしまった。

——殴られるのは、イヤだ。

純粋な恐怖が瑛を縛る。

くすりと兄が笑ったのがわかった。扱いていた手を止め、指先で側面を撫で上げる。堪《こら》え性なく蜜《みつ》を滲ませた先端を親指の腹で何気なく拭《ぬぐ》われ、瑛は喘《あえ》いだ。強い刺激が欲しくて、我慢できなくて、腰を突き出すようにして兄の手に擦りつけてしまう。

ひどくあさましい真似《まね》をしている自覚はあった。きっと後で兄にいやらしい奴だと嬲られる。けれど、やめられなかった。

――淫乱な自分に絶望する。

瑛は眼を伏せ、テーブルに置き去りにされた包みを思った。

保冷剤と一緒に高級鮮魚店の包装紙に包まれているのは、作家のお供で入った店で見つけた、はしりのホタルイカだった。瑛自身は好きではないが、兄の好物だ。

兄が喜ぶだろうと思って瑛はそれを包んでもらった。家に帰ってまだ兄が起きていたら、冷酒を用意して兄と一緒に飲むつもりだった。

運がよければ兄は応じてくれる。

鋭利な目元を緩め穏やかな声で、仕事の事とか、ニュースについてとか、他愛のない話をしながら酒を酌み交わしてくれる。

兄に微笑みかけられると、瑛はいつも嬉《うれ》しくて天まで舞い上がってしまいそうになった。

物憂げに硝子のちろりを傾ける兄の姿は弟の眼から見ても魅力的で、瑛はうっとりと見惚《みと》れてしまう。

瑛は兄が好きだった。

だがこんな事をして欲しいとは思わない。

――こんな異常な行為に耽《ふけ》るのではなく、兄と普通の兄弟らしい関係を築きたかった。

でも瑛が兄に好かれようと努力すればする程兄は瑛に冷たくあたった。瑛には理解できない程些細《ささい》な事をきっかけに暴力を振るい恥ずかしい行為を強いて、快楽に弱い瑛の痴態を嘲《あざ》笑《わら》う。

どんなに従順に言う事を聞いても兄は瑛を好きになってくれない。

全身を震わせる瑛の首筋を舌先で舐め上つつ、兄は探りあてた割れ目におもむろに爪《つめ》を立てた。

「ひい……っう……」

苦痛に瑛は掠《かす》れた悲鳴をあげた。だが痛いだけではなかった。信じられない程の快楽が頭の天辺まで駆け抜け、瑛は放っていた。

一瞬気が遠くなる。姿勢を保てず、瑛はゆっくりと崩れ落ちた。母のお気に入りだった華やかなベッドカバーの上で、惨めな気分で身を丸める。

実の兄の手でイくなんて。

躯は充足していたが、心は冷えていた。自分がひどく恥知らずな存在のように思えた。

兄はしばらく白濁にまみれた自分の手を眺めていたが、やがて瑛にのしかかり、青くさい匂《にお》いを放つ液体を瑛の頬になすりつけた。

「いやらしい奴だ。こんなに出して」

ファスナーを下ろす音が聞こえる。何も見たくなくて、瑛はきつく眼を閉じた。

見なくても、何をしているのか音でわかる。

身を固くしてじっとしていると、しばらく後、低い呻《うめ》き声と同時に生ぬるい液体が降ってきた。

兄が瑛目がけて射精したのだ。

精液をかけられるおぞましさに、瑛は軀を震わせた。肌を通して生ぐさい匂いが軀の奥まで染み込んでくる気がする。

「おまえの担当作家にSMを書いているのがいたな。見せてやったらどうだ？　精液まみれのおまえの姿を」

兄はどこまでも冷たい。

心も軀も踏みにじり、瑛を辱めようとする。

瑛の心が折れるまで。

こみ上げてくる衝動を堪えようと唇を噛んだが、なんの意味もなかった。ほろほろと涙が溢《あふ》れる。疲弊しきった心からこぼれた涙が、垂れ気味の目尻《めじり》からこめかみへと伝い、ベッドカバーに吸い込まれていく。

兄さんは、ひどい。

慟哭《どうこく》する瑛を見て満足したらしい。兄はようやく瑛を解放した。乱暴に瑛の手を引っ張り、手錠を片方だけ外す。それだけするとベッドの上に鍵を投げ、部屋を出ていった。傷つき泣いている瑛をほったらかしにしたまま。

兄の気配が消えると、瑛はのろのろと起き上がり、鍵を拾い上げて手錠を外した。もがいたせいで瑛の両手首は傷だらけになっていた。擦れて皮が剝けている場所もあれば、新しい紫色の痣《あざ》が浮き始めている場所もある。

ひどい有様になった両手首を見ているとますます泣けてきて、瑛は歯を食いしばった。

どうして兄さんは僕をこんな目に遭わせるんだろう。

そんなに僕が憎いんだろうか。

一体どれだけ我慢し続けたら兄さんは僕を許してくれるんだろう。

兄を憎んでしまいそうな自分が、瑛は怖くてたまらなかった。

本当に、不思議な奇跡でも起こってくれればいいのにと思いつつ、瑛は泣いた。

【 the first day 】

「それにしてもすごい痣だねえ、兄さん。彼女と喧嘩《けんか》でもしたのかい？」

瑛はぎこちない笑みを浮かべ、頬を押さえた。

「ええ、まあ」

瑛の頬骨は、黄色味を帯びた大きな痣に覆われていた。

兄に殴られた痕《あと》だ。

もう三日も経《た》つのに消えるどころか毒々しく色を変え、存在を主張している。

お陰で人に会う度同じ事を聞かれる。適当に笑って聞き流せればいいのだが、瑛は不器用だった。毎回兄の事を思い出し、言葉を詰まらせてしまう。

今も顔に出てしまったらしい。ミラーの中の運転手が気まずそうに眼を逸らしたのに気がつき、瑛は慌てて当たり障りのない話題を探した。

「ところで此処っていつもこんなに人がいないんですか？　有名な観光地だからもっと混みあっているのかと思っていたんですけど」

瑛は出張で南の離島へと来ていた。

東京《とうきょう》から飛行機で三時間、乗り継いだ飛行機で更に一時間。それからフェリーで海を渡り、ようやくこの島へと辿《たど》り着く。

島は、思っていた以上にのどかだった。

ゴールデンウィークが終わったばかりだというのに、もう蟬《せみ》が鳴いている。フェリーのターミナルは閑散としており、駐車場にも人気がなかった。タクシーに乗ってからは、すれ違う車さえない。

ちょうど干潮時なのか、木々の間からはるか沖まで広がる干潟が見えた。所々に簡素な牧場があり、黒い牛が草を食《は》んでいる。その何処《どこ》にも観光客の姿はない。

あまりにも東京と異なる環境に、目眩がしそうだった。

「ゴールデンウィークはそりゃあ大変だったけどねえ。もう、過ぎたから。夏のシーズンを迎える前の中休みってところだな、いまは。兄さんは、仕事かい？」

「はい」

一度内地で就職してから郷里に戻ってきたのだという運転手は殆《ほとん》ど訛《なま》りのない標準語を話した。

「暑いのにスーツなんか着ちゃって大変だねえ」

「あは、そうですね。こっちがこんなに暑いとは思わなかった」

「いまはまだいい方だよ。夏になると湿度が九十パーセントくらいになる日も多いからね」

話しながら運転手は、何もない国道のただ中でタクシーを減速させる。どうしたんだろうと瑛が訝《いぶか》っている間に、道端に車体を寄せ、完全に止まってしまった。

「……あの？」

窓を開けた運転手が森の中を指さす。

「ほら、あそこにちらっと見えるあの赤い屋根。あそこが兄さんの目的地だと思うよ」

首を伸ばすようにして緑の奥を透かし見ると、確かにちらりと赤いものが見えた。

「あ……ありがとうございました」

瑛は慌てて車を降りた。途端に息苦しい程湿度の高い空気に包まれ、たじろぐ。

外は真夏の蒸し暑さだった。陽射《ひざ》しも強く、文字通り火傷《やけど》しそうだ。立っているだけで汗が噴き出てくる。

「そこの細い道から入っていけばいい。蛇がいるから、草むらには近づかない方がいいよ。咬《か》まれたら大変な事になるからね」

「ハブ、ですよね。その辺にいるんですか？」

「いるいる。昼間は出てこないけど、気をつけるに越した事はないね。特にこの辺りは集落から外れていてあまり人がいないから、気をつけて。この島じゃ場所によっては携帯も繋がらないからね」

「はい」

大変な所に来てしまったと思いつつ、瑛はアタッシェケースと小振りのボストンバッグを車の中から引っ張り出した。

じゃあ本当に気をつけてとタクシーが走り去るのを見送り、瑛は恐る恐るジャングルの中を覗《のぞ》き込む。

鬱蒼《うっそう》と茂った木々の緑が濃い。タクシーの運転手が言った通り、薄暗い森の中を細い道が走っている。

ふと不思議の国のアリスを思い出し、瑛は小さく微笑んだ。瑛のいる場所からは道がどこに続いているのか見て取れない。赤い屋根の家などではなく、ワンダーランドにでも続いていればいいのにと思う。

じめついた足元を気にしながら、小道に分け入ってみる。数歩も歩かないうちに視界の端で何かが動いた。蛇に気をつけろと言う運転手の言葉が鮮明に頭に残っていた瑛は急いで首を巡らせたが、視線の先にいたのはそんな恐ろしいものではなかった。大きなアゲハ蝶《ちょう》が木々の間をひらりふわりと舞い、近づいてくる。

「え……あ、すごい……！」

蝶は一匹だけではなかった。黒地に青い斑紋《はんもん》を浮かせた蝶や、白に黒い文様が描かれた蝶が、木漏れ日の差す亜熱帯の森のあちこちで戯れている。

東京はまだ夏の気配すらなかったのに。いつの間にか季節を飛び越えてしまったみたいだ。

思わず手を伸ばしてみると、蝶は悠然と身を翻し瑛の手を擦り抜けていった。

「ふふ……本当に、不思議の国みたいだ」

沈んでいた気持ちが少し軽くなる。

重いアタッシェケースを抱え直し、瑛は森の奥へと踏み込んでいく。小道は少し先でくの字に曲がっていた。見えない道の向こうから明るい陽の光が差している。

「う、わ……」

道を曲がった途端、瑛は息を呑《の》んだ。

すぐ右手に赤い瓦屋根の家がある。小道はその家の側面に沿うように伸びた末、石段を下りこぢんまりとしたビーチへと繋がっていた。白い浜辺の向こうには美しい海が広がり、強い陽射しにきらきらと輝いている。

海辺には、子供がひとりだけぽつんと立っていた。

まず家を訪ねて挨拶《あいさつ》すべきだとわかっていたが、誘惑に抗しきれず瑛は石段を駆け下りた。

足元を歩いていたやどかりが慌てて貝殻にもぐり込む。波打ち際に堆積《たいせき》しているのは、砂ではなく白い珊瑚《さんご》の欠片《かけら》だ。

アタッシェケースとボストンバッグを放り出し、瑛は夢見るような表情で前に進んだ。

海は、穏やかだった。

水深の差だろう、浜の近くの海はエメラルドグリーン、その先はコバルトブルーと、海の色がはっきり分かれている。

空はどこまでも高く澄んでおり、陽射しはまるで熱の塊のようだ。

絵に描いたような理想的な夏の風景。兄がいる東京は遠く、此処には綺麗《きれい》なものしかない。

解放感に、目眩がしそうだった。

瑛は波打ち際にしゃがみ込み桜色の貝を拾い上げた。

遊んでいた子供は、瑛が小道から現れた時点で動きを止めている。ぽかんと口を開け、瑛を見ている。

まだ小学校に上がるか上がらないかという年齢だろう、子供は鍔《つば》の広い麦藁《むぎわら》帽子を被《かぶ》り、膝《ひざ》まで海に浸かっていた。くりくりとした大きな瞳が愛らしく、子供に不慣れな瑛には男の子のようにも女の子のようにも見える。

「こんにちは」

愛嬌《あいきよう》がある、とよく言われる笑顔を浮かべ話しかけてみたが、子供は何も言わない。

榛色《はしばみいろ》の瞳がこぼれ落ちてしまいそうな程大きく眼を見開き、立ち竦《すく》んでいる。

「あの、君、この家の子？　僕、木津《きづ》さんて人を訪ねてきたんだけど、このおうちであっているのかな？」

少し首を傾け続けてみるが、子供はやはり何も答えない。ひたすら瑛の顔を凝視している。

余程おっとりした子なんだろうか、それとも言葉が通じないんだろうか。なら子供を構うのはやめて、赤い屋根の家を訪ねてみようかと思った時だった。

　ぱしゃんとどこかで魚が跳ねた。

　その音が合図だったかのように子供が身震いした。

　唇をきゅっと引き結び、まるでゼンマイ仕掛けの人形のようにぎこちない、けれど決然とした動きで水を蹴《け》り、近づいてくる。

　瑛の眼の前まで来ると子供は立ち止まり、小さな両手を伸ばした。そっと頰に触れてくる。

　間近で見つめあい、瑛は初めて子供が大きな眼に涙を溜《た》めている事に気がついた。

「ぶたれたの？」

　やはり男の子のものか女の子のものか判然としない細い声が問う。瑛ははっとして子供の手を押さえた。

　瑛の顔には大きな痣がある。

　つい忘れてしまっていたが、その痣は派手で痛々しい。幼い子供が見たらショックを受けても不思議はない。

「いたい……？」

　尋ねる子供の語尾が震えていた。顔がふにゃりと歪み、頰を大粒の涙が伝い落ちていく。

　滑らかな頰を滑り落ちていく水滴が、強い陽の光を受けきらきらきらめく様に瑛は眼を奪われた。

「どうして、泣くの」

少し首を傾け問う瑛に、子供はかぼそい声で答える。

「だって、……だって、ぶたれたら、いたいし、かなしいよ……？」

かなしい？

どうやらこの子は瑛の傷を我が事のように嘆いてくれているらしい。

見知らぬ子供の言葉に、心の奥の柔らかい場所がきゅうっと痛くなる。

兄にぶたれて——嫌われて、哀しい。

そんな気持ちが急にこみ上げてきて、瑛は目尻が垂れた柔らかな容貌に無理に笑みを浮かべた。

「見た目程痛くないんだよ？　大丈夫だから、泣かないで」

だが子供は泣きやむどころか、えく、と喉《のど》を鳴らした。ふっくらと柔らかそうな頬を真っ赤に染め、声を張り上げ泣き始める。

「あ、あの、君？　本当に大丈夫なんだよ？」

瑛は途方に暮れた。

子供ってこんなんにセンシティヴな生き物だったろうか？

泣いている子供のなだめ方など瑛にはわからない。だっこしてみようかと悩んでいると、男の声が聞こえた。

「優羽《ゆう》!」

赤い屋根の家の扉が開いていた。少しサイズの大きな白いシャツの裾《すそ》をはためかせ、瘦身《そうしん》の男が石段を飛び下り走ってくる。子供の前にしゃがみ込んでいた瑛は慌てて立ち上がった。

男は、まさに瑛がはるばる南の離島まで会いに来た相手だった。

鋭利な印象を与える顔立ちはもう若くはない。だがその分落ち着いた大人の男の魅力があるし、鍛えているのだろう、獣のような敏捷さで、砂を蹴って近づいてくる。

子供の前まで来ると、男はジーンズが濡れるのも構わず浅い海の中に膝をついた。

「どうした、優羽。何が悲しい。泣かなくても大丈夫だ。私がここにいるだろう?」

乾いた声にはほとんど抑揚がなかった。そのせいかどこか冷たく突き放した印象を受ける。

だが子供は躊躇《ためら》う事なく男にしがみついた。

広過ぎる鍔が男の肩にぶつかり、麦藁帽子が落ちる。

陽の光に晒《さら》された子供の髪は、ふわふわの癖っ毛だった。中世画に出てくる天使のように、毛先が盛大に巻いている。

華奢《きゃしゃ》な軀を搔《か》き抱いた男は、骨ばった指で髪を梳《す》き、子供をなだめた。

「大丈夫だ、大丈夫。大丈夫……」

同じ言葉が繰り返し子供の耳に吹き込まれる。まるで祈りの文句のようだ。

波に打ち寄せられてきた麦藁帽子を、瑛は身を屈《かが》め拾い上げた。困惑しつつ、大仰に抱きあっているふたりが落ち着くのを待つ。

肌の色も髪の色も日本人そのものな男は、子供の汗ばんだ額に、鼻先に、頬に、音を立ててキスをしている。まるで欧米人のような愛情表現に見ている方が気恥ずかしくなってくるが、それだけこの子はこの男にとって大切な存在なのだろう。

キスの雨を受け気持ちが落ち着いたのだろう、子供が泣き叫ぶのをやめる。

くすんと鼻を鳴らし肩に顔を伏せてしまった子供の背を撫でてやりながら、男が思い出したように瑛を振り仰いだ。

見つめられた瞬間、瑛は息を詰めた。

男の瞳はその容姿から想像される黒ではなかった。どこか冷たい、青みがかった灰色に、瑛はなぜか冬枯れした森を連想した。


瑛が初めて木津と出会ったのは、とある作家の誕生日パーティーの会場だった。

瑛は一張羅のスーツで武装し、青く染められた薔薇《ばら》で飾られた受付に座っていた。

「悪いわね、休みだったのに手伝い頼んじゃって。でもT先生にどうしても可愛《かわい》い白倉《しらくら》に誕生日パーティーの受付に座っていて欲しいんだって懇願されちゃって」

「……別に可愛くなんてないと思いますけど……」

「何言ってんの。子栗鼠みたいなつぶらな瞳と、頼りなげな風情がたまらないって、年輩の大先生たち大絶賛よ」

「……嬉しくないです」

瑛は溜息をついた。社会人になってもう六年も経つのに、瑛はどこかアンバランスで自信なさげな感じが抜けない。いまだに新人に間違えられる事すらままある。

「いいじゃない。ふわふわした雰囲気でいかにも仕事できなさそーな外見通り本当に使えない男だったら、先生たちだって鼻もひっかけないわよ。デキる子だから白倉は可愛がられてんの。ね？　じゃ、受付頑張って。一段落したら知っている先生に挨拶だけしておいてちょうだい。後は好きにしてくれて構わないから」

隣に座ってまくしたてているのは、瑛より一まわりも年上の先輩だ。彼女もまた、会社に着てくるのとは違うフェミニンなスーツにコサージュを飾っていた。場数を踏んでいるからか、緊張している瑛と違い華やかな場の雰囲気に馴染《なじ》んでいる。

「……はい。それにしてもすごいですね。誕生日会というより結婚式みたいだ」

「大御所の大先生だからね。この先生は特別よ」

誕生日パーティーの会場は都内のホテルだった。社交的でメディアにもよく顔を出す作家だからだろう、招待客は驚く程多い。作家友達に各界の著名人、芸能人もいる。

瑛はほとんど立ちっぱなしで対応に追われた。時々T先生に何を聞かされたのか、あら本当に可愛いなどと瑛の顔を見るなり言い出す客もいる。

フォーマルな衣装に身を包んだ客たちはきらびやかだった。肩を大きく露出したイブニングドレスに金のショール。長い髪を高々と結い上げた女性たち。これ見よがしに飾られた宝石類。

燕尾《えんび》服に身を固めた老人も、雄鶏のように鮮やかな色彩を纏《まと》った若者もいる。

くるくると立ち働きながら、こんな世界もあるんだなと、瑛は他人事《ひとごと》のように思った。

瑛が編集者を志したのは、本が好きだったからだった。

読む事に没頭している間だけはどんなに嫌な事も忘れられる。傷ついた心さえも癒《いや》される。生きていく上で不可欠な存在である本を生み出す側になれたら素敵だろうという単純な考えでマスコミ系に進んだ瑛にとって、パーティーなど埒外《らちがい》だった。

どっと詰めかけてきていた招待客たちが落ち着き、パーティーが始まった頃、ダークスーツに身を包んだ男がふらりとロビーに姿を現した。

妙な違和感を覚え、瑛は男を見つめた。

知らない男だ。だが何か——変な気がする。

男は柔らかそうな髪を長めにカットし、軽く流していた。痩せているせいか、すっと通った鼻梁も薄い。

整った容姿からメディア関係の招待客だろうと瑛は予想を立てた。テレビでは見たことがないから、売れない俳優か、モデルあたりではないだろうか。

男が瑛の前に立ち、招待状を差し出す。男の指は体型にふさわしく、細く長かった。

「ありがとうございます」

何気なく受け取ろうとして、瑛はひくりと指先を揺らした。

間近で向かいあい、ようやく漠然とした違和感の正体に気がついたのだ。

眼だ。

肌の色も顔立ちも見慣れた日本人のものなのに、男の眼は明るい灰色だった。

男がペンを取り記帳する。達筆で記された名前にも瑛は驚いた。

木津、大周《たいしゅう》。

それは、瑛が通勤時に夢中になって読んでいた文庫本の作家名だった。


「木津大周の次の書きおろし単行本をうちで出したいの」

その数日後瑛は内線で呼び出されミーティングルームに足を運んだ。硝子張りのブースの入り口を軽くノックした途端、編集長と井川《いがわ》という瑛の先輩にあたる編集者が振り返る。

テーブルにはプラスティックのコーヒーカップがふたつだけ置かれていた。中身はもう殆ど残っていない。どうやらそれなりの時間を費やして何事かが話しあわれ、その結果瑛が呼び出される事になったらしい。

瑛は曖昧《あいまい》に微笑んだ。

「いいですね。着実に数字を取れる方ですし、獲得できればそれに越したことはないと思いますが」

ただ、瑛にはわざわざ自分にそんな話を聞かせる意図がわからなかった。

「何か問題があるんですか？　二年前うちで単行本を出された時の担当は井川さんでしたよね？　僕に手伝える事があるなら、いまならそう切迫した作業は抱えていませんし、時間は取れますけど……」

ベテランで人気作家を数多く抱えている井川が、瑛から眼を逸らす。胸の前で太い腕を組んで椅子《いす》の背もたれに寄りかかり、細く開いた唇の間から息を吐き出す。

しゅーっという音が狭いブースにやけに大きく響いた。

編集長の表情も硬い。妙な雰囲気に、ただでさえ垂れている瑛の目尻が下がる。

「あの？」

「白倉はさ、木津先生と面識あったっけ」

井川が瑛に向かって身を乗り出した。

テーブルの下で瑛は両手を握りあわせる。

「先日の、T先生の誕生日パーティーでご挨拶しました」

「ああ、あのパーティーか。どんな話をしたの？」

ブースを囲む硝子のパーティションの向こうを瑛は見つめた。隣のブースには女性が一人こちらに背を向け座っていた。誰を待っているのかさっきから身じろぎひとつしない。まるで人形のようだ。

「どんなって……本当にほんの挨拶程度です。僕は受付係でしたし」

「白倉、木津先生の本て読んでたっけ」

「ええ、全部持ってます」

「本の感想とか、言った？」

瑛は首を振った。

「いえ。なんでですか？」

井川が編集長と視線を交叉させる。

厭な感じだ。

編集長が頷《うなず》くと、井川は落ち着かない様子でコーヒーカップを持ち上げた。中身が空な事に気づくと、肩を竦めまたカップを置く。

「木津先生、白倉に担当を替えて欲しいみたいなんだよな」

瑛は井川を見つめた。それから編集長へも眼を遣る。

冗談では、なさそうだった。

「どうしてでしょうか」

瑛は無意識に手首を握り締めた。


パーティー会場は、薔薇で溢れていた。各テーブルにはデザートのように薔薇の花だけを盛った大きな水盤が据えられている。料理の皿にまで小さな野薔薇が飾られ、結い上げた女性スタッフの髪にも生花が挿されていた。

受付の仕事を終えた瑛は華やかな空間をゆっくりと泳ぎまわり、邪魔にならない程度に挨拶をしてまわった。

会場の一角にはやはり薔薇のアーチで飾られたソファセットが据えられており、高齢で腰もよくないからだろう、T先生が招待客たちに囲まれ座っていた。

木津もその中に混じっていた。足を組んでソファに座り、ブランデーグラスを手に持っている。綺麗な青いドレスを着た女性が隣に座り、木津に話しかけていた。

二十歳《はたち》前後くらいだろう、胸の大きな素晴らしい美人だ。

木津は今年三十八才になる筈《はず》だ。著者略歴に載っていた生年が瑛とちょうど十年違いだったのを覚えている。その年齢で若い女の子を侍《はべ》らせられるとはすごいと瑛は感心する。

熱心にアピールされているようなのに、木津の態度はそっけない。時々無愛想に顎を引いたり、ほんの少し唇を歪めてみせるだけ。他《ほか》の男がしたら許さないであろう不遜《ふそん》な態度を、女性はうっとりと見つめている。容姿がいいからだろう、確かに木津がするどんな仕草も様になっていた。

烏龍茶《ウーロンちゃ》の入ったグラスを口に運びながら、瑛はなんとなく木津を眺め続けた。会場は一周し終わったし、後片づけの手は足りていると先輩は言っていた。そろそろ帰ろうかと思った時、女性が木津の耳元に唇を寄せた。冷淡だった木津が女性に眼を遣り、そうして――不意に首を巡らせ瑛を見た。

灰色の瞳に射竦められ、瑛は大きな瞳を瞬《しばた》かせる。

――なんだろう？

強いまなざしは瑛の上に据えられたまま、動かない。見ていた事に気づいていたんだろうかと一瞬思ったが、そんなわけはなかった。木津はずっとそのシャープな横顔を瑛に晒していたのだ。

気味が悪かったが相手は人気作家様である。瑛は小さく微笑んで会釈し、その場を離れた。

もう、帰ろう。

そう決め会場を出て、手近のトイレに入る。

緊張していたせいか、少し頭痛がした。

顔を洗って気分をすっきりさせようと洗面台の前に立ち、センサー式のカランの下に手を差し出したが、水が出てこない。

「あ……れ？」

少し手の位置を変えてみるが、やはり水は出なかった。隣の洗面台に移ろうかと思ったところでトイレの扉が開く。

木津がいた。

瑛はひくりと身を竦め、鏡の中にそびえる長身を見つめた。

木津もまた瑛を見ていた。先刻と同じだ。灰色の瞳が強い光を放っている。だが顔は無表情のままで、何を考えているのかわからない。

「あの……？」

わずかに手を動かした時だった。銀色に光るカランから水が迸《ほとばし》った。

「わ……あっ！」

手だけではなくスーツの袖口《そでぐち》まで水を浴びてしまい、瑛は慌てふためき手を引いた。濡れた手を振って水気を飛ばす。

脇《わき》からすっとハンカチが差し出された。

「あ……ありがとうございます。でも、持っていますから、大丈夫です」

人気作家様にハンカチを借りるなんて畏《おそ》れ多い。

だがポケットを探っている間に木津は勝手に瑛の濡れた左手を捕らえ、ハンカチで軽く水気を押さえ始めた。

その手を振り払うなんて失礼もできず、瑛は愛想笑いを返す。

「すみません」

「君のスーツもシャツも袖が長過ぎるな」

止める間もなく木津が瑛の袖を引き上げた。まったく日焼けしていない白い手首が現れた瞬間、木津の動きが止まる。

瑛の手首には兄の手錠で傷つけられた擦り傷が残っていた。痛々しい紫色の痣もある。

冷徹なまなざしが、手首から瑛の顔へと移動する。瑛も脅えた表情で男の顔を見つめ返した。

ただの、痣だ。適当な言い訳を捻り出すのはそう難しい事ではない。

だが、そのたかが痣を見られただけで瑛の頭の中は真っ白になってしまっていた。どんな作り話も浮かんでこない。口を噤《つぐ》んだまま、瑛は後退《あとずさ》る。

木津の手の中から、傷ついた手首が抜け、落ちた。

次の瞬間、瑛は身を翻し、脱兎《だっと》のごとく逃げ出した。

勢いよく開かれたトイレの扉が大きな音を立て壁に跳ね返る。不作法だとか、こんなふうに慌てふためいて逃げたら変に思われるとか、そんな常識的な考えは頭から吹き飛んでしまっていた。

瑛を嘲笑う兄の声が聞こえた。

淫乱、と。

手首の傷は瑛の恥部だ。瑛にとってこれを見られるのは人前で裸になるより恥ずかしい。混乱した惨めな気分でロビーに辿り着くと瑛はソファに座り込んだ。震える指で肘掛けを握り締める。

――帰りたい。そう強く思ったが、財布も鞄《かばん》も会場に置いてきてしまっていた。また会場に戻って木津に会うのがイヤで、瑛はパーティーがお開きになるまでずっとロビーにいた。後でフロントから先輩に電話を入れて荷物を持ってきてもらえばよかったのだと気づいたが、この時の瑛は壊れた機械仕掛けの人形のように、手首を撫でている事しかできなかった。

あれから木津の事は考えないよう努めてきた。思い出すのも嫌だった。

それなのに。

「木津先生は先々の仕事を入れたがらないタイプなんだよ。いまやってもらっているエッセイの雑誌連載だって翌年分くらいしか詰めさせてくれなかったし、小説ともなれば一本終わらないと次の話を決めてくれない。この間、前の仕事が一段落ついたからな、次の出版権を得ようと各社共に必死になって動いている」

井川の声が、右から左へと流れていく。

「俺はうちの前の仕事が終わった時から動いていて、結構いい感触を得ていたんだ。だけどなんだか急に反応がおかしくなってさ。おまえの事を、聞かれた」

さあどういうわけか教えろと、井川に責め立てられ、瑛はおどおどと眼を伏せた。

「僕の——何を聞かれたんですか」

井川が眼を細めた。

「雑誌担当なのか、単行本担当なのか、とか」

「じゃあ別に僕に担当して欲しいって言ってきたわけじゃないじゃないですか」

二人の顔を上目遣いに窺いながら反駁《はんばく》すると、編集長が微笑んだ。

「白倉、私たちは木津先生の次回作を確実に獲得したいの。そのためには些細な材料でも見逃せないわ」

柔らかな声は、拒否権など認めないと言っていた。

瑛は、厭だった。木津には関わりたくなかった。木津は瑛と兄の秘密の一端を知っているのだ。

だがたかが一社員に過ぎない瑛にこれ以上の抵抗はできなかった。これは、仕事なのだ。

「一度木津先生と顔あわせする機会を設けてみよう。大丈夫だ。とっつきにくいのは外見だけで、そんなに気難しい人じゃないし、俺も同席する。先生の反応によっては担当替えの話はナシになるかもしれないし」

いい関係を築けていると思っていた作家から担当を替えて欲しいと仄めかされたらショックだろうに、井川はにっこり笑って立ち上がり、瑛の肩を叩いた。

そして。

件《くだん》の人気作家様は軒先で泣きやんだ子供の足を洗ってやっている。自分の肩に縋《すが》らせ、細い足首を片方ずつ持ち上げて塩を流し、大人用の草履《ぞうり》に履き替えさせて。

結局、井川の言った顔あわせの席は設けられないまま、瑛は出張を命じられた。井川が連絡を取ってみると、木津は遠い南の離島にいたのだ。

瑛は悄然《しょうぜん》と頭を垂れた。

「あの、すみません、お子さんを泣かせてしまって」

「私の子じゃない」

脱がせたマリンシューズを手に木津は立ち上がった。地面をのたくっていたブルーのホースを蛇口の周りに巻きつけ片づける。

「優羽は私の姉の子だ」

先刻まで優しく愛撫《あいぶ》していた子供について説明する木津の物言いはそっけなかった。突き放すような響きに、他人事ながらひやりとする。

大人しく立っていた子供も何か感じたのだろう、片手を上げ木津のシャツの裾を握り締めた。頭をのけぞらせ、物言いたげに木津を見つめる。

木津はマリンシューズを置くと、改めて子供の前にしゃがみ込んだ。

「海で遊びたいなら声をかけろと言っただろう？」

「……でも、ゆう、お膝の深さにしか行ってない。危くないよ？」

優羽という子供は消え入るような声で反駁した。大きな草履の上で小さな足の指がもじもじ動いている。

「それでもだ。いいか、よく聞きなさい。もし優羽がどうでもいい存在なら私は何も言わない」

ルールを守らなかったと責める声は無機質だったが、木津の骨張った指はくしゃくしゃに纏れた子供の髪を愛しげに梳いていた。

「だがそんな事はできない。どうしてか、わかるか」

子供は真剣に木津の眼の中を覗き込んでいる。榛色が、青みがかった灰色を映す。

幼さ故だろう、頭の大きさに対し頼りなさ過ぎるように見える首を少し傾け、子供は小さな声で答えた。

「ゆうの事が、どうでもよくないから？」

自身で導き出した回答にまるで自信がないらしい。子供は上目遣いに木津の表情を窺っている。

「そうだ、優羽が大切だから、心配なんだ」

それまでほとんど表情を見せなかった木津が、目尻に皺を寄せ、子供の滑らかな額にくちづけた。

「これからはちゃんと言うな？」

淡々としているようで愛情に満ちた声が瑛の鼓膜を甘く震わせる。

「……ん」

あまり表情が変わらないのでわかりにくいが、木津はこの子が可愛くてならないらしい。

いいなあと、瑛は切なく眼を細めた。

いまの瑛には心配してくれるような人も、甘やかしてくれるような人もいない。

もう大人なのだからそんな存在など必要ないのに、幸せそうな人たちを見ると、胸がちりちり痛む。あんなふうにキスして抱き締めて愛情を示してくれる人がいたら、どんなに毎日が幸福に感じられる事だろう。

幼い子供を羨《うらや》むなんて、馬鹿げていると自分でも思うけれど。

「よし。じゃあ冷蔵庫にアイスが入っている。好きなのをひとつおやつに食べなさい」

こくんと顎が胸につきそうな程深く頷くと、内気そうな子供は家の中に入っていった。木津は小さな背中が見えなくなるまで見送ってから瑛に向き直った。うっすらと口元に刷かれていた微笑みがすっと消え、無表情に取って代わる。

あまりにもあからさまな変化に、瑛ははっとした。

――この人は大事な〝先生〟だ。気を緩めてはならない。

わかっていてもよそよそしい表情を直視できず、瑛は深々と頭を下げた。

「ご挨拶が遅くなって申し訳ありません。N社の白倉瑛と申します。雑誌部から言づかったエッセイの資料をお届けに参りました。それから、よろしければ次の本のお話をさせていただきたいのですが」

木津はすぐには答えなかった。何もかもを見通すような灰色の瞳が瑛の顔を見据えている。痣を見ているのだと気づいた途端落ち着いていられなくなり、瑛はおどおどと俯いた。柔らかな空気は霧散し、敵地に乗り込んだような緊張感が瑛を締めつける。

いつもならどんな大御所を前にしてもこんなふうにはならない。瑛のほやほやとした顔の下は冷静で、自分が何をすべきかをきちんとわきまえている。

だが兄が関わると、だめだった。どんなに些細な事でも、兄の影がちらつくと、だめ。頭がかあっとなって、まともにものが考えられなくなってしまうのだ。

やがて乾いた声が瑛が最も触れて欲しくない事に触れた。

「ひどい顔だな」

瑛は唇を噛んだ。細やかな愛情に満ちた言動を見た後だけに、無神経な言葉が痛い。

「見苦しい顔をお見せして、申し訳ありません」

微笑もうとしたが、頬が強張ってしまうのが自分でもわかった。

汗が浮き始めた額をシャツの袖で拭いながら、木津は淡々と尋ねる。

「誰にやられた」

「自分で転んだんです。ぶつけてしまって」

大抵の人はこう言えば納得する。たとえこれが殴られた痕だと勘づいていても話したくないのだと察し、馬鹿だなあと笑って済ませてくれる。だが木津は、なんの遠慮もせず踏み込んできた。

「嘘をつけ。それは殴られた痕だろう。手首を傷つけたのと同じ人物の仕業か?」

無意識に右手首を握り締め、瑛は大きく息を吸った。

躯がひどく熱く感じられるのは、気温が高いせいばかりではない。

「申し訳ありませんが、これは私の個人的な問題ですので」

あなたにも教えるつもりはない、と。

控え目にではあったが瑛は明確にラインを引いた。

「ふむ」

木津の眼の青みが強くなった。庇《ひさし》を支える柱に寄りかかり、胸の前で腕を組む。その顔からはなんの表情も読み取れない。

胃が痛くなるような沈黙の後、木津の発した言葉に瑛は動揺した。

「では交換条件にしよう。君が私の知りたい事すべてに答えてくれるのなら、君と次の本の話をしてもいい」

──なに、それ。

こめかみを汗が伝い落ちた。ぐっしょり湿ってしまったワイシャツの気持ち悪さに顔が歪みそうになる。

瑛は必死に言葉を探した。

「どうして、ですか?」

「どうして、とは?」

「先生とはパーティーで会っただけじゃないですか。僕の事なんて何も知らないのに、どうしてそんな事をおっしゃるんですか」

問いかけるまでもなく瑛にはわかっていた。

手首の傷だ。あれが木津の興味を引いたのだ。そして今日は顔の痣が。

木津は好奇心の赴くまま瑛のはらわたを晒させ、解体しようとしている。そんな事をされた瑛が傷つくかもしれないなんて事は、多分、考えてもいない。

木津にとって瑛などどうでもいい存在だからだ。

木津が優羽を見つめたのと同じ形に眼を細める。だが灰色の瞳の中に、優羽に対する時のようなあたたかみはない。

どこか金属めいた声が瑛に告げる。

「君の此処には疵《きず》がある」

左胸、心臓の上を木津の指がトンと叩く。呼応するように、瑛の胸の奥で心臓が一度大きく跳ねた。

「私はそれが見たい」

瑛は身震いした。

「……イヤだと、言ったら？」

「車を呼んでやろう。帰りたまえ」

瑛が疵を晒さなければ、これ以上の交渉に応じる気はないと言う事か。

じりじりと灼《や》けつくような太陽の下、頭の芯が頼りなく揺らぎ始める。

——白倉、私たちは木津先生の次回作を確実に獲得したいの——

編集長の声は柔らかだったが、絶対に朗報を持って帰れという気迫に満ちていた。手ぶらで帰ったら、井川や編集長はがっかりするだろう。

瑛の失態が今後の交渉に関わってくる可能性もある。木津が二度と瑛のいる会社の仕事を引き受けないと言い出し、井川のこれまでの努力が全部水の泡になるかもしれない。

「あの、何か代替案はないんですか？　他の事でしたら僕が社にかけあって、ご希望に添うようにいたします」

「それならあえて君のところを選ぶ必要はない。私が要求すればどこの出版社もなんでも叶《かな》えようとしてくれるのだからな」

確かに——その通りだろう。

どうすればこの事態を切り抜けられるかわからず、瑛は押し黙った。薄い肩に、木津の掌が添えられる。

「だがいま、私は君しか持たないものを欲している。君はそれを利用すべきじゃないか？」

瑛は端正な男の顔を見つめた。

強引なくせに木津は淡々とした表情を保っていた。逆らう瑛に苛立《いらだ》つ様子も下世話な好奇心も感じられない。何を考えているのか、まるで読み取れない。

ひらひらと、蝶が飛ぶ。なんの警戒心も見せず、瑛と木津の間を通り過ぎる。蝶の行方《ゆくえ》を眼で追っていた木津が、ふと思い出したように身を屈めた。放り出されていた青いマリンシューズを拾い、玄関の扉を開く。

強い陽射しに慣れた眼には、家の中が薄闇に満たされているように映った。

「ゆっくり考えればいい。ゲストルームが空いている」

本能的に瑛は尻込みした。

「そんなご迷惑をかけるわけにはいきません。僕はホテルに――」

だが抗しようとする言葉は途中で強引に遮られた。

「此処に、泊まりたまえ」

木津は一音一音明確に発声し、強調した。

つまり、これは命令なのだ。木津が瑛の願いを叶える条件のひとつ。逆らう事は許されない。

木津は瑛の意志を無視し、従わせようとしている。

――まるで兄のように。

ぞっとしたが、瑛は無力だった。瑛は力なく頭を下げた。

「――お気遣い、ありがとうございます。ご厚意に甘えさせていただきます」

「荷物を持ってくるといい」

木津は扉を押さえたまま待っている。

瑛はとぼとぼとビーチに下り、放り出されていたアタッシェケースとボストンバッグを拾った。

海は変わらず鮮やかにきらめいている。

ひどく重く感じられる荷物を提げ石段を上ると、瑛は木津に招かれるまま息詰まるような薄闇の中に踏み込んだ。

赤い屋根の家は外観こそ古風だったが、中はかなり広く、モダンな造りになっていた。扉を抜けるとまず土間のような広いスペースがあり、壁際にマウンテンバイクやダイビング用の機材などが飾られている。突き当りが靴脱ぎになっており、まっすぐな廊下が奥へと伸びていた。観葉植物の鉢が一定の間隔をおき壁際に並んでいる。

薄暗さに眼が慣れると、怖ろしいところなど欠片もない、センスのいい居住空間が眼の前に広がっていた。

ゲストルームは木津の後について廊下を少し進んだ先にあった。ブラインドを引き上げると、目前まで迫る亜熱帯の森に視界を覆われる。ちらちらと入る木漏れ日が涼しげだ。

部屋のインテリアは簡素なアジアン風で統一されている。

「素敵なお宅ですね」

「褒《ほ》めてくれるのは嬉しいが、私の家じゃない。友人が夏まで使わないからと貸してくれたんだ」

瑛はテーブルの上にアタッシェケースを下ろすと、数冊の本とファイルを取り出した。

「先生、こちらがお持ちした資料です。どちらに運びましょうか？」

「……いい。自分で運ぶ」

「でも、重いですから」

両手に本を抱え、小首を傾《かし》げて木津を見上げると、そっけなく眼を逸らされた。いきなり手が伸びてきて、書籍類の半分を奪われる。

「……こっちだ」

木津の部屋はゲストルームのひとつ奥だった。開け放されていた扉の中は、瑛の部屋とほぼ同じ調度で飾られている。

ただひとつ違うのは、瑛の部屋にはないパイン材の大きな机だった。机のせいで狭くなった分、ベッドが壁に寄せられている。

朝起きたままなのだろう、タオルケットがくしゃくしゃになったまま投げ出されているベッドから瑛は慌てて眼を逸らした。

「此処に置いてくれ。私は資料に眼を通したい。君は海で泳ぐなり部屋で休むなり、好きにしていてくれればいい。それから優羽の事だが」

「はい」

机に寄りかかり、木津は早くも乾き始めているジーンズの裾を見下ろした。

「とても繊細な子だから、少し気をつけてやってくれ」

「……はい」

言われた通り机の端に資料を置き、瑛はそそくさと部屋に戻った。スーツの上着をハンガーにかけ、ベッドに腰を下ろす。

好きにしていてくれと言われても、戸惑ってしまう。

少し考え、瑛はボストンバッグを開いた。一番上に飛行機の中で読んでいた本が乗っている。少し前に文庫化したばかりの木津の小説だ。

本を手に取ると、瑛は表紙絵を見つめた。展翅《てんし》された大きなアゲハ蝶が描かれている。

学生だった七年前、木津のデビュー作を読んだ瑛はたちまちファンになった。作品に共通する暗い色調が、兄との息苦しい生活に疲弊していた瑛にとって馴染みやすかったのかもしれない。

木津の小説に出てくる登場人物に、なんでもできるスーパーマンはいない。皆、不器用で心に疵を負っている。

体温が感じられるリアルな人物像が木津の作品の魅力だと言われていたが、瑛が何より気に入っていたのは物語を彩る空気だった。都会のただ中に取り残された廃墟や誰もいない島、言葉の通じない異国を瑛は時間を忘れ彷徨《さまよ》った。木津の構築した世界は美しく棲《す》む人々は思いやりに満ちていて、瑛はいつもこういう世界に生まれたかったと切なく思った。

ドキドキする物語の末、登場人物は最後には必ずなんらかの形で救済を得る。

——心地《ここち》よい、カタルシス。

一冊読み終わる度、瑛もまた救われたような気分を味わえ、ほんの少し幸せになれた。

木津自身にも漠然と優しいイメージを抱いていたが、瑛の生業は編集だ。作家と作品のイメージが必ずしも一致しない事は知っている。だから木津自身には会いたくないと、ずっと思っていた。

瑛は作品が与えてくれる夢だけを見ていたかったのだ。

そしていま、本当に会わなければよかったと瑛は後悔している。

パーティーの受付係など、断ればよかった。

瑛の疵を見たいのだと木津は言った。多分、いい取材対象を見つけたくらいに思っているのだろう。次の小説の題材にするつもりなのかもしれない。

瑛は唇を噛む。

木津が瑛と兄の関係を小説にしたら、それは素晴らしい、刺激的な物語になるだろう。

閃《ひらめ》く舌。どこか蛇を思わせる兄のまなざし。忌まわしい官能。何年にもわたって密《ひそ》かに保たれてきた禁忌の関係……。

「……いやだ……」

瑛はベッドの上で膝を抱えた。

「僕の心は見せ物じゃない」

魅力的だと思っていた木津の作品は、こんなふうに他人の疵をえぐる事によって生み出されてきたのだろうか。

………ひどい。

だが瑛は会社の奴隷ではない。仕事のために自分の身を犠牲にする義務などない。

——だがもし木津の要求に応じたら?

いまの部署に異動してきて瑛はまだ二年、いわゆる大御所だの売れっ子作家だのと言われる作家は皆先輩の担当だった。大きなヒット作を手がけた経験が瑛にはない。

だが木津はいままで担当してきた作家とは違う。その才能はすでに開花し、膨大な数のファンもついている。瑛の手で、ミリオンセラーを作り出せるかもしれない。それに好きな作家の作品を自分の手で本にするのは、編集者にとって最高の悦びだ。

木津が暴君と知ったいままでも、やっぱり瑛にとって木津の作品は魅力的だった。できうる事なら、自分の理想の一冊を作ってみたい。

「木津先生に、話をしたら——」

どうなるんだろう?

木津の話にモデルがいるという話はいままで聞いたことがない。多分今回も木津は瑛がモデルだと喧伝したりはしないだろう。木津が書いた小説を読んで瑛の経験に基づいていると気づけるのは兄だけだ。

——自分たちの関係を書いた小説が存在する事を知ったら、兄はどんな反応を示すだろう。

「兄さんは小説なんか読みやしないけど——でも」

知ったらきっと不快に思う。怒って、瑛にいつもよりひどい事をするかもしれない。

湧き上がる恐怖から瑛は眼を逸らした。

「でも兄さんは本当は優しいんだ」

瑛はベッドに仰向けになり、天井を見上げた。

ひどい事もするが、仕事で朝帰りが続く瑛を気遣う言葉をかけてくれた事もある。

〝あまり無理をするな〟というぶっきらぼうな一言に瑛は疲れが吹き飛んだ気がした。

時々兄が見せる優しさは、まるで砂漠で与えられた一杯の水のように瑛を潤わせる。

「いつも優しくしてくれれば、僕はもっと兄さんの事を好きでいられるのに——」

もし瑛が木津の小説の主人公になったら。物語はやはりハッピーエンドなのだろうか。

様々な出来事の末、何もかもがうまくいき、兄は瑛の気持ちを理解してくれる。いままですまなかったと言ってくれて、普通の兄弟らしい穏やかな日々が訪れる。

「そんなふうに——なればいいのに」

でも現実は物語とは違う。何ひとつ瑛の望むようにはならない。

白いシーツの上、瑛は寝返りを打つと横向きに軀を丸めた。寄せては返す波の音が微かに聞こえる。


いつの間にか眠ってしまったようだった。ノックの音で瑛は眼を覚ました。

「――はい」

締め切った部屋は蒸し暑くなっており、瑛はひどく汗を掻いていた。肌に張りつくシャツを不快に思いつつ起き上がると、胸の上から読みかけの文庫本が滑り落ちる。目元を擦り振り返ると、ごく細く開かれた隙間《すきま》から榛色の瞳が室内を覗き込んでいた。

「どうしたの、優羽くん」

人懐こい笑みを浮かべ呼びかけると、細かった隙間が少し大きくなった。

「えと……これから晩ご飯のおかず獲りに行くの。……おにいちゃんも、来る？」

斜めにした頭を半分だけ覗かせ、優羽がおずおずと尋ねる。この子も昼寝をしていたのだろうか、頰に畳の跡がくっきりついていた。

「おかずって何？」

また少し扉の隙間が広がったが、優羽は困ったような顔で瑛を見上げているだけで何も言わない。説明する言葉を知らないのかもしれない。

どうせ、暇だ。なんだって構わない。

大きく伸びをし、瑛は立ち上がった。

「木津先生も一緒かな？」

優羽はこっくりと頷いた。

「優羽くんのお母さんも一緒？」

こんな小さな子の傍《そば》に母親がいない筈がない。そう思っての問いだったが、優羽は哀しそうに眉尻《まゆじり》を下げた。

「ママは——東京」

瑛ははっとした。いまは五月。学校がある時期だ。そんな時期に母親と離れ離島で叔父《おじ》と暮らしているなんて、何か事情があるのだろう。

瑛はベッドから下り優羽の前にしゃがみ込むと、何も気づかなかったように微笑みかけた。

「そっか。じゃあ優羽くんは木津先生と二人で此処に暮らしているんだね。木津先生は優しい？」

内気そうな子供が、この時ばかりは勢いよく頷く。

「うん！　とっても優しい。タイシュウはね、正義の味方なの。とっても強くてね、どんな時もゆうを守ってくれるんだよ」

熱烈に主張され、瑛はたじたじになった。優羽は木津に絶対の信頼を寄せているらしい。ちくりと胸が痛む。瑛には守ってくれる人なんて、いない。

「そう。いい叔父さんだね」

「おにいちゃんもだいじょうぶだよ。タイシュウがきっと守ってくれるよ」

心の中を見透かしたような台詞《せりふ》に瑛は動揺した。少し寝癖のついてしまった前髪が額の上をさらりと流れる。

「どういう、意味かな……?」

優羽は瑛の前まで進み出ると、そうっと手を伸ばした。小さな掌で頬に触れてくる。痣を撫でているのだと気づき、瑛は瞬いた。

ビーチで会った時もこの子は瑛の痣を見て泣いた。

どうしてこんなに痣を気にするんだろう。

「痛いの痛いの、遠くのお山へとんでゆけ」

昔懐かしいまじないが真剣に唱えられる。一生懸命な様子が可愛い。

――でも、何か、変だ。

確かに派手で目立つが、これくらいの子供にちょっとした怪我《けが》や痣はつきもの、すぐ見慣れてもいいんじゃないだろうか。

小さく咳払《せきばら》いすると、瑛は子供に微笑みかけた。

「優羽くん……本当にもう、痛くないんだよ？」

「――ママもいつもそう言ってた」

「え……？」

どういう意味か、聞き返そうとした時だった。廊下の向こうから木津の声が聞こえてきた。

「優羽、また寝てしまったのか」

優羽は弾かれたように玄関の方向を振り返った。それからまた勢いよく首を巡らせ、瑛を上目遣いに見つめる。

「……行こ？」

小さな甘い声で誘う優羽に、人差し指と中指の二本だけを握って引っ張られ、瑛は立ち上がった。

「そうだね、行こうか」

廊下に出ると、土間で忙しく出掛ける準備をしている木津の姿が見えた。

沓脱石の上に、大きな長靴と小さな長靴が並べてある。既にジーンズの上に長靴を履いた木津は、欠片の遠慮も示さず、釣り用のクーラーボックスを瑛の足元に置いた

「持て」

「あ、はい」

これくらいはお安いご用である。

長靴を履いた優羽は伸び上がって壁に飾られていたタモを外そうとしていた。瑛も急いでスーツのズボンの裾を長靴の中に押し込み、クーラーボックスを肩から斜めがけにする。着替えておけばよかったと後悔しつつ家を出ると、一行はビーチの東へと向かって歩き出した。

あまり広くないビーチの東端は、深く地面がえぐれ、落ち込んでいた。足元を見下ろすと、二メートル程の幅の小川が海に流れ込んでいる。

長靴のまま海に入る木津についていくと、川の流れを遡上し始めた。水深は足首程度しかなかったが、水底は滑りやすく、三人は慎重に足を進めた。

岸を歩きたかったが、ハブがいるかもしれない事を考えるとこの方が安全なのかもしれなかった。両岸には木々が密生し、道がある様子もない。

張り出した枝に何気なく摑まろうとしたら、木津に制された。

「できるだけ木には触るな。毒のある虫がいる事もあるし、かぶれる木もなくはない」

「……はい」

瑛は慌てて手を引っ込める。怖いなと周囲を見回す。危険でいっぱいの川辺はだが、綺麗だった。風が吹く度木漏れ日が揺れて水面をきらきらと輝かせる。此処でもそちこちに蝶が飛んでいた。まるで、夢幻の苑《その》のようだ。

はしゃいで水を蹴って歩く優羽は、片手にタモを、片手に木津の手をしっかり握り締めている。

五分程で少し流れが淀《よど》んだ場所に行き当たると、一行は立ち止まった。

木津が静かにしているよう合図して、白飯をほんの少し水の中に落とす。息を詰めて待っていると、餌《えさ》に気づいたのだろう、水中で何かが動いた。

「──あッ」

色が地味で見辛《みづら》いが、大きなエビが用心深く近づき、白飯をつつき始める。見ている間に二匹目が現れ、三匹目も加わった。木津が小さく頷き合図する。

「優羽、頑張れ」

「んっ」

両手でしっかりタモを握り締め、優羽がエビたちへと突進した。ぱしゃんと水が跳ね、襲撃を逃れたエビがぴゅっと深みへ逃げていく。

タモの中を覗き込んだ優羽が興奮した面持ちで叫んだ。

「とれた！　タイシュウ、とれた！」

網の中には十センチくらいのエビが一匹だけ収まっていた。瑛が運んできたクーラーボックスの中に、木津が手際よく獲物を移す。足が一本ちぎれてしまったものの、エビは元気だった。

「なんですか、これは」

興味津々、瑛が尋ねる。木津の答えはそっけない。

「手長エビだ」

「えっ本当に？」

瑛はフランス料理店で手長エビを食べた事があった。皿にはほんの数尾しか載ってなかったのに、結構な値段がした筈だ。

「すごい……！　手長エビがこんなに簡単に獲《と》れるなんて！」

「これじゃあまだおかずには足りないな」

少し移動して、木津がタモを持つ。今度は三匹が一度に獲れた。優羽は大喜びで瑛から奪ったクーラーボックスを覗き込んでいる。小さな軀に大きなボックスを斜めがけしている姿は、アンバランスでいまにも転びそうだ。

「やってみるか、白倉」

「えっ」

実は自分もやってみたくてうずうずしていた瑛は、喜んでタモを受け取った。木津が新たにまいた白飯にエビが寄ってくるのを待つ。

息を詰めて、タイミングを見計らって。

えい、とタモを振り下ろした。

六匹集まっていたエビの半分は網の中に入ったが、半分は入らなかった。すごい勢いで逃げていくエビを追いかけようとした途端——、足が、滑った。

躯が完全にバランスを崩したのがわかった。手なり足なりを出して躯を支えなければと頭では思うのだが、動けない。瑛は派手な水音を立て、水の中にひっくり返った。

「わ！　冷た……っ」

汗ばんだ肌に川の水は冷たかった。

水深が浅いから溺《おぼ》れる事はないが、水の力は思いの外強く、動きにくい。その上藻が生えた石がつるつる滑ってうまく体勢を立て直せない。腕を突っ張って躯を起こそうとしたもののいきなり手の下で石が崩れ、瑛は再び浅い水の中に潰れてしまった。

石が躯に食い込んで痛い。

不器用にもがいていると、脇の下に挿し入れられた力強い腕が瑛の上半身を引き起こした。

「大丈夫か？」

木津が手を貸してくれたのだと知り、瑛は狼狽《ろうばい》した。

濡れた服越しに伝わってくる体温がやけに熱い。

「大丈夫、です。すみません」

「いいから、摑まれ」

遠慮がちに身を屈めた木津の首に両手をまわすと、木津は片腕で瑛の腰を抱きひょいと立ち上がった。木津にしがみついている瑛の躯も一緒に引き上げられる。

木津の躯に縋ったまま足場を固め、一息ついたところで、瑛はようやく木津の灰色の瞳が息がかかるくらい間近にある事に気づいた。

どきんと心臓が跳ねる。

――助けてもらってしまった。

子供ではないのだからさっさと立ち上がれと放っておいても構わなかったのに、木津は瑛を助けてくれた。おかげで木津のシャツはすっかり濡れ、肌の色を透かせている。

「あの……っ、ありがとう、ございました……」

慌てて躯を離し、瑛はまだ激しく脈打っている胸の上を押さえた。

瑛は優しくされる事に慣れていない。

母がいなくなってから父は不在がちだったし、兄は瑛が怪我をしても泣いていても気にしなかった。

だから瑛はずっと全部自分でなんとかしてきた。今では人に頼ろうなんて考えもしない。他人に期待しても悲しい思いをするだけだと、知っているからだ。

――でもこの人は、僕に手を貸してくれた。

「怪我はないか」

木津の口調はいつもと同じく淡々としていて、優しくなんかない。だが間抜けな瑛に呆《あき》れているふうでもない。

「大丈夫、です」

灰色の瞳は相変わらず何を考えているのか窺い知れなかったが、瑛の眼にはそれまでより幾分優しく見えた。

それに先刻触れた木津の肉体は硬く、力強かった。

――おにいちゃんもだいじょうぶだよ。タイシュウがきっと守ってくれるよ――

優羽の言葉が不思議な説得力をもって瑛の中に響く。

もちろん、大事な先生に頼ろうなどとは思わないけれど。

「だいじょうぶ?」

不安そうな声に振り返ると、優羽が瑛を見上げていた。優羽がしっかり両手で握り締めていたタモには瑛が捕らえた三匹のエビがちゃんと入っていた。


雫《しずく》を滴らせながらビーチを横切り家に戻る。

あれから瑛が一回、優羽が二回転び、ふたりを助けた木津もびしょ濡れになった。

長靴を履いた意味など全然なかった。歩く度靴の中でガッポガッポと沢水が踊っている。

エビは十五匹がクーラーボックスに収まっている。子供と初心者が邪魔をしたにしては、なかなかの釣果である。

赤瓦の家まで辿り着くと、木津は土間で優羽を素っ裸に剝いた。濡れたまま入ってはフローリングを傷めるからだろう、マットで足だけ拭《ふ》かせ、軽く尻を叩く。

「よし、風呂に駆け込め」

「ん」

ふりふり揺れる尻を見送り、男の子だったんだなあと瑛は嘆息した。どうしようかと自分のワイシャツを引っ張ってみる。土間で脱ぐのは気恥ずかしいが、スーツのズボンもワイシャツもぐっしょり濡れそぼっていた。

「スーツは明日、クリーニングに出してやろう」

「ありがとうございます。あの、でも、いつ仕上がるんでしょうか……?」

念のため確認しようとすると、木津は無言で眉を上げた。

即日あがりというわけにはいかないらしい。これも瑛を引き留める口実のひとつにするつもりなのだろう。

木津がシャツを脱ぎ始めたので、瑛は慌てて背を向けた。ガポガポと鳴る長靴の中、足の指を無意味に動かす。

男同士だから気にする必要などないが、それでもやはり、木津の肌を見るのは後ろめたい。

……そんなふうに思うのは、同性である兄とあんな行為をしているからだろうか。

「着替えは持ってきているのか」

衣擦れの音に木津の乾いた声が重なる。

「はい」

だが一泊のつもりだったから、瑛はホテルで着るつもりだった部屋着を一組と、ワイシャツとネクタイのスペアしか持ってきていない。滞在が長引けば困ったことになる。

「足りないものがあったら貸そう。私はもう行くから、そうしたら君も脱ぐといい。廊下に脱衣籠《かご》を出しておく。濡れた物はそこに入れなさい」

「あ、はい」

思わず振り返ってしまい、瑛は固まった。濡れた衣類を抱え廊下に上がる木津の下着姿をまともに見てしまったせいだ。

明かり取りの窓から入る陽射しの中浮かび上がった長身はどぎまぎしてしまう程綺麗だった。木津は痩せてはいるが決して脆弱《ぜいじゃく》ではなく、その軀は引き締まった筋肉に覆われている。

「あのっ、すみませんッ」

赤くなって俯くと、木津が小さく吹き出した。

――この人も、笑うんだ。

無表情で何を考えているのかよくわからない人。それが瑛が木津に抱いた印象だった。

「男同士なんだし、見ても別に構わないと思うが」

なのに笑いを含んだ声は思いの外親しげで、瑛は戸惑ってしまう。

なんて強引で嫌な人なんだろうと思っていたけれど、本当は違うのかもしれないなと瑛は思った。たったこれだけの事でそんなふうに考えるのは短絡的かもしれないけど――でも木津は川で転んだ時も手を貸してくれた。

「でもあの、木津先生の軀があんまり綺麗だから、なんだか見ていられないっていうか……」

「褒めても何も出ないぞ」

軽く瑛の肩を叩き、木津は踵《きびす》を返した。バスルームへと去ってゆく。

扉を開閉する音が聞こえると、瑛は詰めていた息を吐いた。ほおずきのように色づいた顔を上げ、服を脱ぎ始める。シャツを脱ぐと肉の薄い軀が露わになった。

多分そういう体質なのだろう。腹も腕ものっぺりしており、木津のような筋肉の隆起はない。少し情けなく思いながら瑛はマットで足を拭いてから廊下に上がり、既に出されていた脱衣籠に衣類を入れた。傍らに用意されていたタオルを拝借し、部屋に戻って着替えを引っ張り出す。

ゆったりとしたコットンパンツと生成のシャツは当たり前だが乾いていて、身につけるとほっとした。島は暑いとわかっていたが、手首の傷が見えないよう、シャツは長袖だ。

落ち着くと瑛はスプリングの利いたベッドに腰を下ろし、携帯で会社に電話をかけた。

『お疲れ。どうだ、うまくやっているか』

すぐに井川が電話に出た。頼りになる先輩の声に、張りつめていた気持ちが緩む。

「よく、わかりません。今日は先生が滞在されているお宅に泊めていただく事になりました」

『へえ。随分気に入られたな』

「そんな事はないと思いますけど……」

井川は木津が何を求めているか知らない。だからそう言えるのだろうと思ったのだが、どうやらそれは違ったようだ。

『いやいやあの先生は好き嫌いがはっきりしているから。気に入らなければ、場所がアラスカでも平気で帰れって言うと思うぞ』

変な例え話に気持ちがほぐれる。

「井川さん、木津先生って、どんな方ですか」

『なんだ、難しい事を聞くな』

「もう何日か此処に引き留められそうな気がするんです。だから聞いておきたいと思って」

携帯を耳に押しあてたまま瑛は窓辺に寄った。外は暗くなり始めている。

『はは、それはいい！　それが先生の要望ならバンバン聞いてやれ。あの人は何かしてもらったらちゃんとそれだけのものは返してくれる人だ』

喜ぶ井川に瑛は首を傾げた。

「そうなんですか?」

『ああ。いま時珍しいくらい義理堅い方だよ。小説を読んでもわかるだろう? 先生の持つ倫理観というか――もののとらえ方が。もちろん作家っていうのは作品とは別物な事も多いが、木津先生の場合はあまり違いはないな』

「そう、ですか」

瑛はベッドの上に置き去りにされていた展翅された蝶を見つめた。読みかけの小説の中では、主人公が友達を守るために必死に活路を探している。見返りなどないのに、まるで我が事のように一生懸命になって。

木津が書く物語は優しい。

自分を取り巻く世界もこんなふうだったらいいのにと思わされる程に。

『いいからどんどん貸しを作ってやれ。あの人は、いい人だよ。それで白倉が損をする事なんてない』

井川は手放しで木津をいい人だと表現する。瑛に木津の元でもっと頑張って欲しいからかもしれないが、優羽もまた木津に盲目的な信頼を寄せていた。晴れやかな笑顔でもって、正義の味方なのだと木津について語った。

この二人の眼を節穴だと決めつけられる程、瑛は木津の事を知らない。

「わかりました。また明日連絡します」

水の中から瑛の軀を引き上げてくれた木津の体温を思い出しながら、瑛は通話を切った。携帯を文庫本の横に投げ出し、ベッドに寝転がって、天井を見つめる。

「正義の味方、か」

本当にそんな存在がいるわけはないけれど。いたらいいな、と瑛は思った。

本当にそんな存在がいたら、いい。

木津はエビをグリルにした。ナイフとフォークなんて上品なものは使わず、オリーブオイルで手をべたべたにしながら殻を剝いて食べる。ちぎった頭の切断面に口をつけてちゅっと吸うと、エビミソも味わえるのだと教えてくれたのは優羽だ。

余す所なくエビを味わう。自分で獲ってきたエビだと思えば美味《おい》しさも格別で食が進む。

あっという間に空になった皿がテーブルの上に並んだ。黄色がかったオイルで濡れたエビの殻だけが残っている。

昼間はしゃぎまわったせいだろう、食事が終わりに近づくと、優羽はかくん、かくんと頭を揺らし始めた。眠りかけてははっと眼を覚まし、デザートのパイナップルをもそもそと口に運ぶのがおかしい。それでいて木津がベッドに入るよう命じると、眠くないとぐずる。まだ皆と食堂にいたいのだ。

だがとうとう木津に有無を言わさず抱き上げられ、子供部屋へと連行された。

木津が優羽を寝かしつけている間に瑛はシンクで食器を洗った。

穏やかな気分だった。楽しいと言ってもいい。木津はいわば大事な仕事相手であるが、兄と一緒にいる時程は緊張しない。いつもむっつりと引き結ばれている薄い唇と表情の読めない灰色の眼が与える気難しい印象に反し、木津は食事の間もずっと細やかに優羽に気を配っていた。うまくエビの殻を剝けなかった瑛に手を貸してくれさえした。

いい、人。

そんなふうに思うのは拙速過ぎるかもしれないが、多分木津はそう悪い人ではない。無神経に瑛の疵をえぐったのは、魅力的な素材に夢中になって周りが見えなくなってしまっていたせいなのだろう。作家には時折こういう視野狭窄《きょうさく》が見られる。

最後の食器をすすいでいると、木津が食堂に戻ってきた。白ワインのボトルを持っている。

「飲めるか」

「……少しなら」

「付き合え」

ぶっきらぼうに命令すると、木津は引き出しからソムリエナイフを取り出しポケットに入れた。食器棚から取り出したワイングラスをふたつ、瑛に差し出す。持てという事なのだろう。受け取ると木津は食堂の明かりを消し、廊下をまっすぐ突っ切って外に出た。

月の光が浜辺を明るく照らし出していた。木津は石段を下りると、ビーチの真ん中に据えられていたガーデンテーブルにワインを置いた。海に向けて並べられたふたつのデッキチェアの片方に腰を下ろす。

「君を殴ったのは誰だ」

膝に抱えたボトルのシールにソムリエナイフを入れながら木津が尋ねた。何気ない口調は他愛のない世間話でもしているかのようだ。瑛は小さく微笑むと軽く砂を払ってチェアに腰掛けた。月光を受けて輝く海面を眺める。

兄の話を他人に聞かせた事はない。

そんな事をしたらいけないと漠然と思っていたし、話す相手もいなかった。それに兄に関する事柄は無条件に瑛の恐怖を掻き立てる。だからこそ〝疵を見たい〟と木津に言われた時には反発を覚えたが、今、瑛の心は凪《な》いでいた。

この人は転んだ瑛に手を貸してくれた。

濡れたシャツ越しに感じた軀は、とても熱かった。

兄との事を話すのはとても恥ずかしいけれど、もし井川が言った通り木津が自身の紡ぎ出す物語と同じ優しさを持っているなら、瑛を嘲《あざけ》ったりはしないだろう。月の輝く浜辺で秘密を告白するなんて、いかにも木津の小説に出てきそうな場面だ。瑛は物語の主人公になった気分を噛み締めてみる。

「兄です」

夜空に響いた瑛の小さな声に、木津の手が止まった。

瑛がグラスを差し出し催促すると、思い出したようにコルクを抜きワインを注《つ》いでくれる。酸味の強いワインだった。飲み下すと軀の芯がかっと熱くなる。

「十一歳の時、僕は初めて三歳年上の兄がいるのを知りました。ある日突然父が家に連れてきたんです。息子を引き取ることにしたって。それまで家族の誰も父が外に子供を作っていた事を知りませんでした」

母は、怒った。他の女の子供の面倒を見る気はないと、当の兄の前でヒステリックに叫んだ。黙って俯いている兄を見ていられず、瑛は兄のシャツの裾を引いた。

――ねえ。こっちおいでよ。ジュース、飲む?

瑛にはまだ、浮気とか養育義務とか認知とか、難しい事はよくわからなかった。ただ単純に家族が増えるのを嬉しいと思っていた。ひとりっ子だった瑛はずっと兄弟が欲しかったのだ。

だから兄を修羅場と化したリビングから自分の部屋へと連れていった。ベッドに座らせ、ジュースを運んで、あれこれ楽しい話をしようとした。

でも、だめだった。兄は何を話しかけても唇を引き結んだまま、返事すらしてくれない。きっとママが怒鳴り散らすのを見てびっくりしてしまったんだ。

瑛は困ってしまった。

何を話せばいいんだろう。どうしたら兄は笑顔を見せてくれるんだろう。

居心地の悪い沈黙にもじもじした末、瑛はおずおずと兄に微笑みかけた。

——あの、ね、お兄ちゃん。僕ね、お兄ちゃんに会えて、嬉しいよ。

——嬉しい？

兄は険しい眼つきで瑛を睨みつけた。

唐突に盆に載せられていたジュースのグラスが払いのけられ、瑛は驚いた。部屋中にオレンジジュースがまき散らされる。

——お兄ちゃんなんて呼ぶな！　俺はおまえらを家族だなんて思わない！　母さんが死んだのはおまえらのせいなんだからな！　俺は絶対におまえらを許さないからな！

顔を真っ赤にし、口から唾《つば》を飛ばしてわめくと、兄は瑛を突き飛ばした。

尻餅《しりもち》をついた瑛は、きょとんと眼を見開き兄を見つめた。

瑛は知らなかった。

兄の母が父に捨てられた末、自殺していた事を。

兄が母方の親戚の間を盥回《たらいまわ》しにされた挙げ句、猫の子のように白倉家に押しつけられた事も、眼の前で交わされるやりとりのすべてに兄が傷ついてきた事も。

握り締めた拳《こぶし》を震わせ瑛を見下ろしていた兄は、やがてぷいと背を向けた。ベッドの向こう側の狭苦しい隅に膝を抱えて座り込み、それきり動かなくなる。

兄は背を向けていたが、泣いているんだと瑛にはわかった。だから、ごめんなさいと瑛は言った。わけがわからないなりに少しでも兄の気持ちを和らげたかったのだ。

——だが兄は瑛を許してはくれなかった。

「部屋の掃除は大変だったけど、兄を怒る気にはなれませんでした。事情を知れば知る程兄の怒りは正当だと思えたし、兄が——気の毒だった。それに母がまたひどくて、兄につらくあたるんです。食事だけは作ってくれたけど、口も利こうとしなかった」

だから瑛が気を配った。

冬になるとコートを、受験期を迎えると予備校の受講料や受験料を兄の代わりに父にねだった。

兄は嫌がったが、瑛はやめなかった。

瑛が口を出さなければ兄は何も言わない。ただむっつり黙り込んで我慢してしまう。それがわかっていたからだ。

父は兄を引き取った後も女遊びをやめなかった。深夜、キッチンから漏れ聞こえる母の怒鳴り声で瑛は父の不行状を知った。

ぎこちないながらもそれなりの関係が成立して一年後、母は父と寝室を別にし、三年目になると離婚して家を出ていった。父の浮気が原因だった。

父は随分慰謝料を払わされたようだが、経済的に豊かな人だったので、毛程も感じていないようだった。

母が去ると、父は瑛にクレジットカードを渡して言った。もう子供じゃないんだから自分の事は自分でできるだろうと。瑛はありがとうと笑ってカードを受け取った。もう父に面倒を見てもらいたいとは思わなかった。金さえあれば父と最低限しか関わりあわず毎日を過ごせるし、父もそれを望んでいる。

瑛は父が嫌いだった。

母がいなくなると、父はおおっぴらに外泊するようになった。たまに深夜に帰ってくる位で、いつも家にはいない。

家には兄と瑛の二人が取り残された。

しばらくの間は平穏だった。

まだ中学生の瑛が家事の殆どを引き受け、食事を作った。洗濯は各自でするのが原則だったが、兄は意外にずぼらで、一週間でも二週間でも平気で洗濯物をほったらかしておく。においでもして女の子に嫌われては大変だと、瑛は眼についた衣類は勝手に洗濯する事にした。兄はやはり嫌がったが、瑛は兄に構うのをやめなかった。

感謝して欲しいとは思わなかったが、自分が兄を好きな事だけはわかって欲しかった。つらくあたっていた母はもういないのだから、兄との関係が改善されても悪くないだろうなんて甘い事も考えていた。

瑛は兄と仲良くなりたかった。

両親共にいないも同然だったから、淋《さみ》しかったのかもしれない。

兄とちゃんと毎日おはようやおやすみの挨拶が交わせるようになりたかった。駅まで一緒に登校して、昨日のサッカーの試合やくだらない日常について話せたら素敵だ。

旅行に行ってもいい。一緒に温泉に入って、並べて敷かれた布団で眠る。夜中に寝返りを打った兄に蹴られてしまったら、朝、寝相が悪過ぎると文句を言うのだ。

そんなふうになれたら、どれだけ毎日が楽しくなるだろう。

そう、思っていたのに——瑛はとんでもないミスを犯した。

土曜日の朝だった。素晴らしい晴天で、瑛は目覚めてカーテンを開けると、まず洗濯をしようと思い立った。シーツも枕《まくら》カバーもひっぺがし、自分の衣類とまとめて洗面所に運ぶ。途中、ソファにほったらかされている服を発見し、瑛はリビングで足を止めた。犬のように鼻を寄せ、匂いを嗅《か》いでみる。

汗くさい。

鼻に皺を寄せた瑛は、これも洗濯してしまう事に決めた。

洗剤を入れて、洗濯機のスイッチを入れて、朝食を作り始めて。料理が仕上がる頃、兄が起きてきた。リビングで何かごそごそ探している。

「おはよう、兄さん」

いつもなら挨拶をしても無視されるのに、珍しく兄が瑛を振り返った。

「瑛。俺の制服知らないか?」

それだけで瑛は嬉しくなった。黒目がちの眼を輝かせ、柔らかな笑みを浮かべる。

「上着はクリーニングに出そうと思って玄関に出してあるよ。大丈夫、月曜日には間にあうよう特急で仕上げてもらうから。ズボンとかは洗濯してるけど――」

言い終わらないうちに兄が洗面所へと消えた。首を傾げたものの深くは考えず、瑛はでき上がった料理をテーブルに運び始めた。

半熟の目玉焼きに、レタスをちぎっただけのサラダ。今日初めて挑戦してみたフレンチトースト。

我ながら料理の天才かと思うほど、うまくできた。

早く兄に食べてみてもらいたい。兄は気に入ってくれるだろうか。

そんな事を考えながら、フレンチトーストを載せた皿を運んでいた時だった。兄が洗面所から戻ってきた。瑛は無邪気に兄を振り返った。

「あ、兄さん。今朝《けさ》はフレンチ——」

今度も、最後まで言う事はできなかった。

つかつかと近づいてきた兄が、右手を大きく振り上げるのが見えた。

言葉が、途切れる。迫ってくる拳に、瑛は大きく眼を見開く。

まさか兄がそんな事をする筈がないと思う瑛のこめかみで、痛みが炸裂した。

瑛の手の中から飛び出した皿が割れる音が、ひどく遠く聞こえた。

高校生の兄と中学生の瑛とではまるで体格が違う。瑛は吹っ飛ばされ、壁に頭を打ちつけた。そのままその場にくたくたと崩れ落ちてしまう。

ひどい目眩がした。殴られ、壁に打ちつけられた頭が熱く脈打つ。

しかも攻撃はそれだけでは終わらなかった。

壁にもたれかかった瑛の軀を、兄は蹴りつけた。

力一杯。

何度も、何度も。

……どうして。

腹部を蹴られた途端吐き気がこみ上げてきて、瑛は軀を丸めた。小さくなった瑛の後ろ髪を兄が掴む。髪が抜ける程強く引き、瑛の頭を床に打ちつける。

ごん、と。鈍い音が頭蓋を震わせた。

「――死ねよ、おまえ」

憎しみの籠《こ》もった声が何より深く瑛の胸をえぐった。

兄の足音が遠ざかっていく。

痛みが落ち着くまでの随分長い間、瑛はその場にうずくまっていた。

静かだった。

家の中を兄が動きまわっている音が微《かす》かに聞こえる。だがそれも扉が開閉する音と共に消えた。兄は動けなくなってしまった瑛の事など気にもせず、何処かに出掛けてしまったのだ。

瑛はそろそろと起き上がり辺りを見まわした。

少し動いただけで頭が割れそうに痛んだ。どくんどくんと、破裂しそうな程強く脈打っている。

殴られた時に引っかけてしまったのだろう、牛乳パックが倒れ、白い海がテーブルの上に広がっていた。割れた皿の中にフレンチトーストが落ちている。

「――折角うまくできたのに――」

兄さんは甘い物が好きだから、きっと喜ぶと思ったのに。

どうしてこんな事になっちゃったんだろう。

――決まっている。兄さんは僕の事が嫌いだからだ。

認めたくない現実が胸に迫ってきて、瑛を打ちのめした。

もう――いやだ。

壁に寄りかかり、のろのろと膝を引き寄せ――瑛は声を上げて泣き始めた。声を抑えようとは思わなかった。そもそも泣いている瑛を気にしてくれるような存在など、この家にはいないのだ。

母が、恋しかった。

家にいる間は口うるさいとしか思えなかったし、兄に対する態度には怒りすら覚えたけれど、少なくとも母は瑛を愛してくれていた。

父も兄も瑛の事など邪魔者としか思っていない。

こんな家など出て、母の所へ行ってしまおうか。

母は何度も会いたいと電話をくれた。兄が嫌な顔をするからこれまで会わなかったけど、行けばきっと喜んで瑛を受け容れてくれる。そうすればもう家事もしなくて済むし、兄に無視されて――痛い目に遭わされて、惨めな思いをしなくて済む。

でも、待って。

瑛は大きく息を吸った。

そんなのって、ずるくない？

兄の母親は死んでしまったのだ。瑛と違って兄にはどこにも逃げ場がなく、ずっと此処にいるしかなかった。なのに瑛だけ、兄を見捨てて母の所へ逃げるのか？

——母の所へは、行けない。

しばらく泣いて気分が落ち着くと、瑛はそろそろと起き上がった。痛む軀をくの字に折ったまま、一口も食べてもらえなかった食事と割れた食器を片づける。それから浴室へ行って、鏡を覗いてみた。

壁に打ちつけられた頭にはこぶができ、蹴られた軀は痣だらけになっていた。

再びこみ上げてきた涙を堪え、瑛は自室に戻ってベッドにもぐり込んだ。そうして軀を丸め、翌日まで死んだように眠り続けた。

洗濯してしまった兄のズボンのポケットに定期入れが入っていた事を瑛が知ったのは、随分後になってからだった。二つ折りになった革のケースには、兄の母の写真が入っていたらしい。

「だから、僕が悪かったんです。全部僕が余計な事をして、大事な写真をダメにしたせい。兄が怒るのも当然の事を僕がしてしまったんです。二度と同じ間違いを犯さないよう、随分気をつけたんですけど、兄は——」

それから何か気に入らない事があると瑛を殴るようになった。

容赦のない暴力に、瑛は脅えた。

思い出すだけで軀が竦み、縮み上がった胃が石のように硬くなる。

でも瑛は信じていた。

瑛は自分に言い聞かせるように呟いた。

「兄は本来悪い人ではないんです。そりゃ暴力を振るうなんてよくないけど、兄はちゃんと自分が悪いことをしているんだってわかっている。自分を抑えられないだけで」

多分、兄の暴力が始まってすぐの頃だったと思う。軀を苛《さいな》む痛みに眠れないまま迎えた朝、瑛は時間通りベッドを出てキッチンに立った。自分は行けるかどうかわからないが兄はいつも通り登校するだろう。朝食がなければ腹が減ってしまう。

のろのろと卵料理を作りインスタントのみそ汁を用意して、ふと気がつくと兄がキッチンの入り口にうっそりと立っていた。

瑛がおはようと言うと兄は秀麗な顔を歪《ゆが》めた。

また兄の気に障るような事をしてしまったのだろうか。

条件反射のように湧き上がってきた不安に立ち竦む瑛に、兄は言った。——ごめん、と。

その一言を聞いた途端、眼の奥が熱くなった。

兄だって何も感じていないわけではなかったのだ。兄の中には、人を思いやれる心もちゃんとある。ただ瑛がまだ、それを呼び起こせないだけ。

「よく考えてみたら兄は今まで随分嫌な目に遭わされてきたんですし、簡単に兄弟になれるなんて思う方が間違ってたんです。でも僕が頑張り続ければ、いつか兄さんは僕の気持ちをわかってくれます。僕はそれまで諦めちゃいけないんです」

諦めたら、今まで積み重ねてきた全部が無駄になる。

瑛は努力し続けた。無邪気に話しかけて、兄の身のまわりの世話を焼いて、殴られても気になんかしていないふりをして。泣きたい気持ちを押し殺して、笑った。

努力の甲斐《かい》あってか兄は時々瑛に微笑んでくれるようになったけれど、なにかあると殴られるのは変わらなかった。やめてほしかったけれど、どうすればいいのかわからず、ただ兄の怒りに耐えているうちに更に事態は悪化した。

——服を脱げ。

蛇のように冷ややかで悪意に満ちた兄の声が耳の奥に蘇《よみがえ》る。だがこんな事まで木津に教える気はない。

瑛は固く眼を瞑《つぶ》り、震える息を吐いた。

「誰かに助けを求めようとは思わなかったのか？」

淡々と尋ねる木津に、瑛は泣きそうな顔で微笑んだ。

「言ったでしょう？　兄は悪くないんです。兄があんな事をするようになってしまったのは、父や母のひどい仕打ちのせい。二人の冷たい態度が兄をおかしくしたんです」

「君にはなんの責任もない事だろう？」

「なくなんかありません……」

兄が母親と二人で苦闘していた時、瑛は父と母と、何も知らず幸せに暮らしていたのだ。母に自殺される事もなく、義母に鬱陶しがられる事もなく。

「僕はもう、兄を傷つけたくないんです。僕が誰かにこの状況を訴えて、もし兄の経歴に傷がついたりしたら、いえ傷がつかなくても、周囲に知られて変な眼を向けられるようになったら、兄にとって取り返しがつかない汚点になる。そんな事になったら兄が可哀想《かわいそう》です」

「暴力を受けている君自身は可哀想じゃないのか？　こんなに派手に痕を残されたら、仕事にも支障があるだろう」

〃許して〃と。兄の慈悲を乞《こ》う自分の声が聞こえた。〃お願い〃と懇願する声が。

瑛は俯き、兄の悪意が刻み込まれた手首を擦った。

「でも、最近は滅多に殴ったりしないんですよ。顔に痣を残されたのは社会人になってから初めてだし……」

年を経るにつれ兄の暴力は狡猾《こうかつ》さを増し、他人に見咎《とが》められるような傷を残す事はなくなった。

「君はこの状況をどうにかしたいと思わないのか？」

答え難い問いに瑛は唇を噛んだ。

この状況をどうにかしたいと思わないわけがなかった。だがどうにもできないのだ。

以前家を出ようとした時には会社を休まねばならない程ひどく殴られた。瑛を痛めつけながら兄は獣のように吠えた。〝出ていくなんて許さない〞と。瑛にはその叫びが恫喝《どうかつ》ではなく懇願に聞こえた。

兄は瑛を手放したくないのだ。ならば瑛は、兄から離れられない。

瑛は身震いした。

妙に肌寒くなってきていた。気のせいか、水平線が燐光《りんこう》を放っているように見える。

押し黙る瑛に木津が溜息をつく。その些細な音に瑛は竦んだ。

苛立ったのだろうか、反論ばかりする瑛に。

デッキチェアがぎしりと小さな音を立てる。

ほとんど空になったワインボトルを取り立ち上がる木津を、瑛は茫然《ぼうぜん》と見つめた。

ビーチを横切って家の中に入っていく。瑛は思わず軀をねじり、その背中を縋るような眼で追っていた。

「少し、待ってろ」

闇に覆われたビーチにひとりになると、木津にまで見捨てられたような気がして、ひどく哀しくなった。

——見捨てる、だって？

瑛は膝をきつく抱き締める。そんなふうに思うのはおかしい。木津はただ、小説の題材を得るため瑛の話を聞きたかっただけだ。

最初からわかっていたのに、どうやら瑛はいつの間にか木津に期待していたらしい。優しい言葉を。心地よい同情を。よしよしと子供のように慰めてもらう事を。

「……馬鹿みたいだ……」

さもしい自分が嫌になる。

現実は瑛が大好きな物語程優しくないのを瑛は知っている。瑛は誰に助けてもらう事もできない。

これは兄と瑛の問題で、瑛自身の手で兄の信頼を勝ち取れねば意味がないのだ。それができなければ瑛はこれからも兄の機嫌次第で嬲られ続ける。そう――わかっていたけれど。

――つらかった。

いつ報われるとも知れない努力を続けるのはつらくて、心が壊れそうだった。

少しでもいい、誰かに優しくして欲しかった。

指先が震える。

両手できつく膝を抱え込み、瑛は海に沈み始めた月を見つめた。雲一つないのに、月は奇妙に滲んで見えた。

頰の上を何かが伝い落ちていく。

ぐす、と鼻を鳴らした時だった。扉が開閉する音がし、足音が近づいてきた。

木津が戻ってきたのだろうか。そう思ったが、瑛には振り返る事ができなかった。

慌てて袖口で目元を拭い、深呼吸をする。

丸めた肩に薄手のブランケットがふわりとかけられた。

「明け方は少し冷える」

それから差し出されたマグカップを瑛は反射的に受け取り、瞬《まばた》いた。

カップにはブランデーが香り立つあたたかいミルクが入っていた。

「飲みなさい。気分が落ち着く」

鼻の奥がつんと痛くなった。折角拭いたのに、また視界がぼやける。

「……ありがとうございます」

ようやく絞り出した声は、情けなく震えていた。

様子がおかしいと気づいたのだろう、ひどく熱く感じられる掌が肩に置かれた。木津が身を屈め、顔を覗き込んでくる。

きつく奥歯を嚙み締め、瑛は木津から顔を背けた。

隠しおおせたとは思えない、垂れ気味の目尻が紅に染まり濡れている事も、鼻の頭が真っ赤になってしまっていることも。

だが木津は何も言わず、優羽にするようにそっと瑛の背中をさすってくれた。

そのせいで、余計涙が止まらなくなってしまった。

優しくされるのは時々、放っておかれるよりつらい。

ぐす、と鼻を鳴らしながら瑛はあたたかいミルクを啜《すす》った。ミルクは、甘かった。蜂蜜《はちみつ》のまろやかな甘みが喉に優しい。

涙が止まるまで随分時間がかかったが、その間木津はずっと瑛によりそっていてくれた。

時間をかけてミルクを飲み干すと、瑛は少し硬い笑みを木津に向けた。

「あの、すいません、取り乱したりして。僕の話は参考になりましたか」

木津は怪訝《けげん》そうに聞き返した。

「参考？　なんの話だ」

瑛は息を呑んだ。

小説の題材にするため優しくしてくれたのではなかったんだろうか。

違うのならなぜ木津は瑛に関わったのだろう。こんな南の島まで資料を持ってくるよういいつけて。

妙な期待を抱こうとする心を、瑛は抑えつける。

もう間違えては、だめ。

「……いえ。なんでも、ありません」

空になったカップを木津が瑛の手から取り上げる。それから木津は、そっと瑛のシャツの袖をめくり上げた。

痛々しい傷が手首を一周している。

あたたかな掌がそっと瑛の手首を包み込んだ。

「君が本当にお兄さんの暴力から逃れたいと願うなら手を貸そう」

何気なく紡がれた一言を、瑛はうまく呑み込めなかった。

「――え?」

「お兄さんとは同居しているんだな? ならこのまま家に帰すわけにはいかない。しばらく此処に滞在しなさい。私にそう要請されたと言えば君の会社は納得するだろう」

瑛はまだ潤んでいる眼をぱちくりさせた。

何が、起こっているんだろう。

この人はどうしてそんな事を言ってくれるんだろう。

「……なんだ」

あからさまにびっくりしている瑛を、木津が怪訝そうに見返す。

瑛は慌ててまた俯いた。ブランケットを引っ張りながら必死に考える。

これは、善意なんだろうか。それとも何か他に下心があるからなんだろうか。さっきの話だけでは小説を書くには足りなかった、とか。

――知りたい。

でも、……知りたくない。

ううん、兄から逃れられるのなら、裏に何があろうと構わない。

瑛は初めて、自分がいかに兄との関係に疲弊していたのか気がついた。兄が望むなら仕方がないと己を戒めながらも、瑛は心のどこかで希求していた。自分を現状から救い出してくれる誰かの手を。

——この人は本当に自分を助けてくれるんだろうか。

ちらりと盗み見ると、木津はまだ瑛を見ていた。青みがかった灰色の瞳からは相変わらずなんの表情も読み取れない。

その眼を見ていると、自分の中の何かが狂っていくような気がした。頭の芯がぼうっと痺れ、何も考えられなくなる。

奇妙に熱を孕《はら》んだ沈黙に、鼓動が早まる。

いけない、と瑛は気を引き締めた。

「あの、お申し出はとてもありがたいんですが、僕には他にも抱えている仕事があります。帰らないわけにはいきません」

一泊の予定で瑛は此処へ来ていた。滞在が長引けば仕事が滞る。それくらいわかるだろうに、木津は傲慢《ごうまん》に嘯《うそぶ》いた。

「ふん。それは私の次回作を得る事よりも重要な仕事か?」

日の出が近いらしい。いつの間にか木津の表情がはっきり見えるようになっていた。薄い唇の端が上がっている。急に居丈高になった木津に瑛は困惑した。

「ええと、先生……」

「文句を言う者がいたら、君が帰るなら次の小説の出版権は他社に渡すと私がごねていると言えばいい」

なんて我儘《わがまま》な大先生なのだろう。瑛は眉を上げた。

「あなたの要求通り、僕は疵を晒しました。条件は満たされたと思いますが」

「私は手のかかる作家なんだ。私の小説が欲しいなら――」

一旦言葉を切り、木津は声を低めた。

「お兄さんから逃れたいなら、ここにいなさい。許諾については、保留だ。私に振りまわされずに済むようになった分、井川の手が空いている筈だろう。君の仕事は彼にまわせばいい」

「先生！」

思わず大きな声をあげた瑛の鼻をつまむと、木津は海の方へと向かせた。

「見たまえ、夜明けだ」

木津の言葉通り、海際の空が美しい桃色に燃えていた。

西側なので太陽は見えない。だがその分夜から朝へと変わろうとする空の色が美しい。

――なんて綺麗なんだろう。

しばらく瑛は言葉もなく空を見つめていた。木津の小説のあるエピソードが瑛の頭の中に浮かぶ。

冒険の途上、海際で夜を過ごした子供たちが明ける空を眺めている。消えていく星を惜しむ子供たちに教師《メンター》は言った。星は明日も何事もなかったかのように空へと昇《のぼ》る。再び見たければ明日も早起きすればいいだけの事。いまはただ、変わりゆく空の色を楽しめばいい。二度と巡ってはこない、この、刹那《せつな》を。

このエピソードが、瑛はとても好きだった。

毎日何気なく見過ごしてしまっている大事な事を教えてくれているような気がしたのだ。

ふと思いついたままに瑛は尋ねた。

「先生には、思い出しただけで泣きたくなるような子供時代の思い出って、ありますか?」

「ある」

即座に肯定されたのが意外だった。この刹那にしか存在しない空から木津へと瑛は眼を向ける。

「……本当に?」

「もし私が幸せな子供だったら、いま頃小説など書いていなかっただろうな」

痛みなど欠片も感じさせない乾いた声に、どうしてだか胸を突かれた。木津は空のカップを持って立ち上がった。

「優羽の朝食を作ってくる。空を眺めるのに飽きたら、君は少し眠るといい」

ストイックさを感じさせる痩せた背中が石段を上っていく。
小さな軋《きし》み音を立て、網戸が閉まった。
取り残されたワイングラスグラスが朝の光を反射し、きらりと光った。

【 the second day 】

目覚めは穏やかだった。

誰に起こされる事なく目覚めた瑛は、明るい部屋の中でしばらくぼんやりしていた。微かに漂う潮の匂いに気分が落ち着く。乾いた空気が心地よい。

君が本当にお兄さんの暴力から逃れたいと願うなら手を貸そう——か。

目尻の垂れた覇気のない顔に、ふにゃりと幸せな笑みが浮かぶ。

のろのろと携帯に手を伸ばして時間を確認し、瑛は仰天した。もう、午《ひる》を過ぎている。慌てて飛び起き、まずは会社に電話をかけた。バイトの子に取り次ぎを頼むと、待っていたかのように編集長が出た。前置きも何もなく、シャープな声で切り込まれる。

「どう、感触は」

木津の次回作を獲得できるかどうか。その一事に対する強い関心が電話越しでも感じられた。出版不況と言われる現在、確実に数字を取れる木津は、確かに喉から手が出る程欲しい存在だ。木津自身が言っていた通り、その作品を得るためなら会社はどんな要望でも可能な限り叶えようとするだろう。

瑛はこくりと唾を飲み込んだ。

「悪くありません。もう一押しというところです。それで、できればあと何日かこちらに滞在させて欲しいんです。木津先生にそう要望されてまして」

編集長はすぐには返事をしなかった。

緊張感に満ちた沈黙に心臓の鼓動が速まる。駄目だと言われたらすべては終わりだ。瑛は帰らねばならない。そうしてこれからも兄との息が詰まるような生活が続く。

電話の向こうで紙をめくる音が生々しく聞こえた。

「その何日かで取れる自信があるの？　白倉は」

「はい。まず大丈夫だと僕は思っています」

「――ならいいわ。井川に代わるから、急ぎの案件があったら彼に引き継いでもらいなさい」

瑛はほっと胸を撫で下ろした。

「はい。ありがとうございます」

すぐに井川のデスクに電話が繋がった。どうしても近日中に処理しておかねばならない事項などを伝え電話を切る。ベッドに座り込んだまま、瑛は大きく息を吐いた。

これで第一関門はクリアだ。

「お腹《なか》……減ったな」

ブランチどころか昼食の時間すら過ぎていた。徹夜したとはいえ、人の家に泊めてもらっている分際でのうのうと寝坊した自分が信じられない。瑛は身軽にベッドから飛び降りるとパジャマを脱いだ。

着替えがないと知った木津が貸してくれたパジャマはタオル地で、肌触りが柔らかかった。瑛には大き過ぎ、裾も袖も余ってしまっているが、手首を出したくないのでちょうどいい。シンプルなデザインだが白地に水色のラインが入っていて可愛かった。

これを木津が着ている様を想像するとおかしくて、瑛はひとりで小さな笑い声をあげた。木津が着た服を着て寝たのだと思うと、なんだか甘酸っぱい気持ちがこみ上げてくる。

昨日着ていた服に袖を通し、顔を洗おうと部屋を出る。途端にむっとした空気が押し寄せてきて驚いた。エアコンを使っていたのは瑛の部屋だけだったらしい。どの部屋も扉を開けっ放しにし、風を通している。裸足で廊下をぺたぺたと歩いていると、ひとつのドアの向こうで木津が本を読んでいるのが見えた。

瑛が昨日運んできたエッセイの資料だ。白いテーブルの上に筆記用具を広げ、上体を少し斜めにしてページをめくっている。

いつの間にか瑛の足は止まっていた。

集中して資料を読み込む木津は身じろぎもしない。長めの髪が額に影を落としている。静謐《せいひつ》な空気の中、仕事に打ち込む横顔の凛々《りり》しさに、同性ながら眼を奪われる。

綺麗な人だ、と瑛は思う。

乾いた印象のせいだろうか、この人は生身の人間とは思えない程、醜い部分がない。

気づかれていないと思っていたのに、木津が不意に口を開いた。

「洗面所のタオルは好きに使って構わない。キッチンのテーブルに君の分の昼食が残してある。食べるといい」

瑛は滑稽《こっけい》な程動揺し、弾《はじ》かれたように軀を揺らした。

「あッ、はい。あの、お仕事のお邪魔をしてすみません!」

ありきたりの言葉を口にしようとして、舌を噛んでしまう。

「……それからあの、おはようございます」

恥ずかしくて消え入るような声で挨拶をつけ足すと、木津が顔を上げた。噛む程狼狽えたのが面白かったのか、うっすらと笑みを浮かべる。

その刹那、何かが瑛を刺し貫いた。

いままで知らなかった、ぞくぞくするような何かが。

瑛は慌てて踵を返した。大急ぎで洗面所へと向かう。あんまり急いだせいで洗面所の扉に足の小指をぶつけ、小さな悲鳴をあげてしまった。

——いまのは、なんなんだろう。

冷たい水で熱っぽい顔を洗う。顔はすっきりしたものの、頭の中まではすっきりしない。

何度も先刻の木津の笑みを思い返してしまう。

ふわふわした気分で向かった食堂には優羽がいた。窓際に置かれた寝椅子《カウチ》で昼寝をしている。木漏れ日を浴びくしゃくしゃに丸めたタオルケットをぎゅっと抱き締め眠っている様子は、親でなくても王子様と呼びたくなる可愛さだ。

食堂は北側一面が窓になっていた。窓に接する天井の一部も硝子張りになっており、ちょっとしたサンルームのようだ。

南側の壁際がキッチンになっており、部屋の真ん中に大きなチーク材のダイニングテーブルが据えられていた。ゴーヤーチャンプルーと伏せたご飯茶碗が小さな蚊帳《かや》の中に用意されている。やはりテーブルの上にあった炊飯器からご飯をよそい、瑛は食卓に着いた。

「いただきます」

優羽を起こさないよう小声で呟き、食事を始める。作ってそう時間が経っていなかったらしく、料理はまだ少しあたたかい。

ひとりの食事だったが、楽しかった。

窓の外では濃い緑が揺れている。蝶が気紛れにその美しい翅《はね》を見せびらかしに来ては、去っていく。優羽がむにゃむにゃと何か呟き、寝返りを打った。苦しくないんだろうかと心配になるほど珍妙な格好で落ち着き、また静かになる。

八割方料理を平らげたところで瑛の携帯が鳴り出した。

後ろめたい気持ちのある瑛の耳に、その音は暴力的な程大きく響いた。

着信音でわかる。兄からのメールだ。

ささやかな幸福感は消え、瑛は箸を持ったまま凍りついた。

——兄は、昨夜《ゆうべ》のやりとりを知って瑛に連絡してきたのではなかろうか。

とっさに浮かんだ馬鹿げた考えに瑛の頭の中は塗り潰されている。

黒電話を模した耳障りな音が鳴り響く。俺から逃れられると思ったら大間違いだ、地の果てまでも追っていって痛めつけてやると瑛にわめきたてる。

神経に障る音に、子供のせわしい呼吸音が重なった。

「やだ……っママ、ママ、……やめて、パパ……っ！」

パパ？

優羽が苦しそうに寝返りを打った。

ひどく苦しげな表情にぎょっとして瑛は箸を取り落とした。くるくると巻いた癖っ毛の生え際に、玉のような汗が浮いている。優羽は寝椅子の上で溺れる人のようにもがいていた。

寝返りなどという可愛いものではない。激しい動きに寝椅子がガタガタ揺れる。厭な夢でも見ているのか、呼吸がひどく速い。

様子が、おかしい。起こした方がいいんだろうか。

きた。

耳をつんざく金切り声に応じるように、開け放たれていた扉を抜け、木津が食堂に入って
「何をしている。早くその携帯の音を切れ！」

「あ、はい……っ」

瑛が携帯を開くのと同時に着信音は切れた。

「優羽！」

木津が小さな軀を抱き起こし、揺する。

「起きろ、優羽。起きろ！」

優羽の眼がぱちりと開いた。だが身じろぎもしない。虚ろな表情で木津を凝視している。

やがて大きな瞳からぽろりと涙がこぼれ落ちた。

「大丈夫だ。大丈夫……」

木津に抱き締められ、優羽の顔が崩れる。悲痛な泣き声をあげ、顔をくしゃくしゃにして
泣く子供を、木津は慣れた手つきで揺すり始めた。

「タイシュウ、ママのケータイが、鳴ってた……っ」

しゃくり上げながら優羽が小さな声で訴える。木津は優しく濡れた頰を拭いてやった。

「美津《みつ》の携帯が？」

「ママ……っ！」

「切っても、音が止まらないの。ママに切ってもらおうと思って廊下を歩いていたら、窓の外にパ、パパがいて……ママも外にいて、パパに、気づいてなくて……っ」

甲高い声で叫ぶように言うと、優羽は大きく身を震わせた。

まるで、自分の父親が怖ろしい化け物であるかのように。

「それから……それから、あとはよく覚えてない……」

消え入るような声で呟き、優羽は木津にしがみついた。

「優羽、全部、ただの夢だ」

木津がゆっくり優羽の背中を撫でる。

「……ゆめ?」

「そうだ。夢だ」

木津に断言されると、優羽はほっとした表情を見せた。木津の胸に頭を預け、瑛を見る。まだ夢を見ているのかのような、とろんとした表情が気になった。

「もう少し、寝なさい」

「タイシュウは……?　タイシュウは、此処にいる……?」

「ああ。ちゃんといる」

木津の腕の中、優羽が眼を閉じる。五つ数えるより早く、優羽の軀は弛緩した。不自然な程あっさりと寝ついた優羽を、木津は静かに寝椅子に下ろす。シャツの裾を握り締めた手はそのまま、小さな頭を膝の上に載せて。

それから木津は立ち竦んでなりゆきを見守っていた瑛を見上げた。

「すまないが、着信音を変えてくれ。君の携帯の着信音は、優羽を不安にする」

「どういう事ですか。……なんだったんですか、いまのは」

マナーモードに切り替えてから瑛はおずおずと尋ねた。優羽は明らかにおかしかった。

ふ、と小さく息を吐くと、木津は糸が切れたように眠っている優羽を見下ろした。くしゃくしゃになった髪をそっと撫でつける。

「私の姉の夫は離婚前後、携帯にしょっちゅう恫喝めいた電話をかけてきたんだそうだ。以来その音を聞くと優羽はひどく神経質になる。――私の姉も」

不穏な匂いがした。

「着信拒否はしなかったんですか。バイブにするとか」

「離婚を有利に運ぶ材料のひとつになると聞いたらしい、記録を取っていたんだそうだ。家事をしているとバイブに気づけないらしくてね。ちょうど求職活動もしていたから電源を切るわけにもいかなくて、新しい携帯を買うまで大変だったようだ」

瑛もまた寝椅子に腰を下ろした。折った袖から伸びる木津の腕の内側には腱《けん》が浮いている。

木津は暴力を振るう兄の話を聞いても怖れもせず、手を貸してやろうと言ってくれた。どうして単なる仕事相手でしかない自分にそんな事を言ってくれるのか不思議だったが、その理由がわかったような気がした。

「もしかして、お姉さんの旦那《だんな》さんは、暴力を？」

「姉は肋骨《ろっこつ》を二回も折っていた」

兄以上にひどい暴力に、瑛は眼を見開く。それからはっとして眠る子供を見下ろした。

「優羽くんは……っ⁉」

「優羽には手を上げなかったようだが、母親が殴られる姿を見せられて、子供が傷つかずにいられるわけがない」

珍しく怒りを露わにし、木津は吐き捨てた。

「だから――こんな時期にこの島へ？」

「学校から言われたんだそうだ。優羽の様子が、おかしいとね。他の子供に悪い影響を与えかねないからなんとかして欲しいと」

傷ついた子供への無神経な仕打ちに瑛は驚いた。

「――ひどい」

「まあ、仕方がないだろう。優羽の事情は他の子供たちには関係ない。姉がまだ生活を立て直すので手いっぱいで優羽に手をかける余裕がないとしても、そんなのは知った事じゃないというわけだ。だから私が優羽を預かって此処に連れてきた」

身を屈め、木津は眠る子供に接吻《せっぷん》する。ふっくらとした頬を掌で撫でる。

「だから、悪いが、優羽には普通以上に気を配ってやって欲しい。此処にいる間は嫌な事はすべて忘れさせてやりたいんだ」

瑛は黙って頷いた。胸が、痛かった。

こんなに小さいのに、この子もひどい目に遭わされてきたのだ。

「優羽くん、言ってました。木津先生は絶対に自分を守ってくれるって。……心から先生を信頼しているようでした」

喜ぶかと思って言ったのだが、木津は厭そうに顔を歪めた。

「先生？」

「この子が私をヒーローのように思っているのは知っている。だがそれは間違っている」

瑛は首を傾げた。黒髪がさらりと頬にかかる。

「どうしてですか？　優羽くんは先生を心の支えに――」

瑛の言葉を木津は乱暴に遮った。

「私は殴ったんだ。あの下劣な男を、優羽の眼の前で。姉に――乱暴しようとしたからな」

それならば木津は確かにヒーローだと瑛は思った。

瑛は優羽と同じように弱い。容易に優羽の気持ちが想像できる。

木津のように強くない人間には、事態をコントロールできるだけの力がない。ただ黙って物事が悪化していくのを見ている事しかできない。

そんなふうに何もできない歯痒《はがゆ》さに苛まれている時、無敵とすら思われた悪を打ち倒してくれる存在が現れたら。瑛だって盲目的に崇拝するようになるだろう。

優羽の、ヒーロー。

瑛は食い入るように木津を見つめた。瑛の視線の先、俯いた木津は苦しげだった。

「私が軽率な真似をしてしまったせいで、この子は暴力には暴力で抗していいのだと思い込んでいる節がある」

「でもそれもひとつの真実ではありませんか？　もちろん褒められた事ではないとは思いますが」

現実は、甘くない。理不尽な事などたくさんある。暴力を用いなければどうにもならない事も。

「たとえ現実がどうであろうとも、こんな小さな子がそんな考え方を是とするのは間違っている。子供にとって、世界はもっと美しいものであるべきなんだ。きらきらと輝くもので満ち溢れた、素晴らしい――」

不意に木津は口を噤んだ。自分がいかに甘い夢を口にしようとしているのかに気がついたようだった。

でも。

朝陽に消えていく星の光のように。

刻々と変わりゆく空の色のように。

綺麗なもので子供をくるんでやりたいと思える木津は素敵だと瑛は思った。

瑛自身の子供時代には、そんなふうに綺麗なもので目隠ししてくれる大人などいなかった。

父と母は好きだったが、無神経に兄を傷つける様は醜かったし、容赦なく傷つけられた兄は、他人を容赦なく傷つける事を躊躇わない人間に成長した。

綺麗なものに囲まれて育ったならば、兄も暴力など振るわず自分を受け容れてくれただろう。

木津もまた同じような痛みを知っていたのだろう。多分、だからこそ優羽をこんなにも大切にできるのだ。

胸に顎がつく位深く首を曲げ、木津は子供の寝顔を見つめている。

瑛は寝椅子に手を突いた。浅く腰掛け、前のめりになって木津との距離を詰める。手を伸ばし、木津に触れようとして。

指先が触れる寸前、瑛はぎくりと動きを止めた。

何をしようとしているんだろう、僕は。

ただちょっと――木津の頰に、触れたかった。

それで木津が顔を上げたら、顔を寄せ、今度は唇に――。

くちびるに、何をする？

躯中の血が全部頭に昇ってきてしまったような気がした。頭蓋の中でどくんどくんと脈打っている。

木津はまだ子供を見ている。赤面した瑛には気づいていない。

そろそろと手を引っ込めると、瑛は膝の上で掌を握り込んだ。ゆっくりと息を吸って、吐き出す。そうしてひどい動悸《どうき》を鎮めようと試みる。

木津に気づかれないよう、ゆっくり、ゆっくり。

——でも、なんでキスしたいなんて思ったんだろう。

——同性相手にこんな衝動に駆られるなんて、やっぱり兄の言う通り、自分は淫乱なんだろうか。

瑛は上目遣いに木津の顔を窺った。整った顔立ちを眺めながら自分の心の中を覗き込み、何をしたいのか見極めようとする。

——もっとこの人の、近くに行きたい。

——優羽にするように、触れて欲しい。

これは、何?

「さっきのテーブルの上に開いたまま置いてある本を持ってきてくれないか?」

いきなり声をかけられ、瑛は心臓が止まりそうになる位驚いた。

「——はい」

急いで立ち上がり、木津に背を向ける。

食堂を出ると、きりきりと張りつめ、いまにも弾けてしまいそうだった緊張の糸がふっと緩んだ。

大きく深呼吸してから、木津が仕事をしていた部屋に向かう。

本はすぐに見つかった。昨日持ってきたばかりなのに、既に付箋《ふせん》だらけになっている。傍にあったブックマークを挟み、メモを取っていたらしいノートも一緒に重ねると、瑛は忘れる前にと携帯を取り出した。思った通り、兄からのメールが届いていた。

『何時に帰ってくる』

そっけない文章を見ると気分が沈んだ。兄は瑛の帰りを待っている。

早く返信しなければ、兄はまた返信を催促するメールを寄越《よこ》すだろう。

瑛は手早く出張が延長になったと伝えるメールを打った。僻地《へきち》で電波状態が悪いから、今後は通信がうまくいかない可能性が高いとも書き添える。

それから着信音を黒電話からボレロのメロディに変え、携帯を閉じた。

【 the third day 】

瞼《まぶた》の裏が明るい。

完全に眠っているわけでもない、かと言って起きているわけでもない。目覚める一歩手前の半覚醒《かくせい》状態を瑛は漂っていた。

昨日と違って空調は入っていない。その代わり扉が開けっ放しになっている。気温は高いが、風通しがいいので寝苦しさはない。

「う……ん」

白い光で溢れるベッドの上で瑛は寝返りを打つ。またとろとろと眠りの淵に沈んでいく。

誰かが頬に触れるのを感じた。乾いた指先が頬の稜線をそっとなぞっている。

心地いい。

でも……誰だろう?

瑛の心の中に暗い影が差す。

母がいなくなってから、瑛に触れるのは兄だけだ。

——まさか。兄が此処にいるわけない。

ない、けど。

気がつくと乾いた指先は唾液《だえき》に濡れた舌に変わっていた。ねっとりと頬を舐め上げられ、瑛は震える。

「い、や……」

瑛は自宅の玄関にいた。いつものように全裸で手錠をかけられている。手錠の鎖は上がり框の横、コートをかけるフックに引っかけられていた。

これは、夢だ。

瑛にはぼんやりとわかっていた。頬を撫でる何かに触発された夢の中に、瑛は吸い込まれてしまっている。

わかっていても眼を覚ます事はできない。夢は勝手にひと月ほど前の出来事をトレースし、汚辱に満ちた記憶を瑛に突きつける。

瑛は震えていた。

兄に飲まされた妙な薬のせいで、軀が熱くて仕方がない。

頭の芯はぼうっと霞《かす》み、ろくにものを考える事すらできなかった。

ふらふらして立っていられず、瑛は床に膝を突いた。手錠の鎖が短いせいで両手を頭の上にまっすぐ伸ばしても座る事ができず、中途半端に腰が浮く。前は何もしていないのに勃《た》ち上がり、透明な蜜に濡れていた。

玄関には鍵がかかっていなかった。

まだ早い時間ではあるが、もし父が帰ってきたらすべてを見られてしまう。せめて場所を移動してくれと瑛は懇願したが、兄は聞いてくれなかった。火照る軀を持てあます瑛を無表情に眺めている。

ぽとりとフローリングの床に蜜が落ちた。

刺激が欲しくて欲しくて、頭がおかしくなりそう。

擦りつけられる場所もないのに、瑛は腰を淫《みだ》らに揺らしてしまう。兄が見ているとわかっているのに、物欲しげに喘いで頭をのけぞらせる。

触って、と、言いたかった。

お願い、イかせて、と。

「兄さん……」

涙を浮かべ訴えると、兄は冷酷に笑んだ。髪を摑まれ仰向かされる。

イきたいんだろう?

片方の乳首がつねり上げられた。否定しようのない強い快感が背筋を駆け上がる。

「や……っ」

片方だけ手錠を外してやるから、自分でやるといい。

「え……?」

小さな音を立て、瑛の右手を拘束していた冷たい金属の輪が消えた。肉の薄い腕がぱたりと躯の脇に落ちる。

ほら、やれよ。

嘲られ、瑛はかっと顔が熱くなるのを感じた。兄は少し後ろに下がり、瑛を見ている。瑛が眼の前で自慰を行うのを待っているのだ。

厭だと思った。そんな事、絶対にできないと。

それなのに瑛の手は勝手に自分のモノを握り込んでいた。躯が熱くて、そうせずにはいられなかったのだ。

兄が、見ているのに。

瑛は自分のモノを扱き立てた。とろとろと蜜が溢れ瑛の手を濡らす。

気持ち、いい。

「ああ……あ……」

肌が汗ばむ。たまらない快楽がちりちりと背骨を駆け上がっていく。

躯を反らし、後頭部を壁に擦りつけるようにして、瑛は達した。

焦《じ》らしに焦らされたせいか、射精の快楽は強かった。一瞬気が遠くなったものの、瑛は肩が抜けそうな痛みに現実へと引き戻された。

崩れかけた瑛の躯は、手錠でフックに繋がれた腕一本で吊《つ》り下げられていた。失神していたら脱臼《だっきゅう》したかもしれない。

のろのろと姿勢を直すと、兄と眼があった。

兄は、笑っていた。

途端に自分がしたすべての事が頭の中に蘇り、瑛は呻いた。

白濁がフローリングの床に散っている。瑛は恥知らずにも兄の前で己を愛撫し、射精したのだ。


ひくりと軀が動いたのがわかった。

次の瞬間、瑛は覚醒した。眼を開くと光の奔流が流れ込んでくる。

もがくようにして跳ね起き、瑛は喘いだ。こめかみを流れる汗を袖で擦り、気づく。

木津が、いる。

眼があった瞬間、心臓が跳ねた。黒くない木津の眼に瑛はまだ慣れる事ができず、見る度どきりとしてしまう。

「大丈夫か?」

木津はベッドに腰掛けていた。既にパジャマではなく麻のシャツと色褪せたジーンズに着替えている。卵の匂いが微かにした。

瑛は茫然と辺りを見まわした。

タオルケットはくしゃくしゃになってベッドから落ちかけていた。躯の上には何もかかっていない。そしてあんなに嫌な夢だったのに、パジャマの下のモノが硬くなっていた。

瑛は慌てて細い膝を立て、忌まわしい反応を示してしまっている場所を隠した。

こんなふうになってしまったのは、朝だからだ。そう自分に言い訳し、恐る恐る眼を上げる。

気のせいか、木津のまなざしは冷ややかだった。

灰色の眼を見ているうちに、怖くなってくる。

木津の眼は、まるで同じ人間ではないかのように清浄な青みを帯び、澄んでいた。

綺麗な、人。

面倒に巻き込まれる事になるのがわかっているだろうに苦しんでいる人に手を差し伸べられる強さを持ち、読む人を幸せにする物語を紡げる。子供にはあくまで優しい。

でも、瑛は。

兄の前で恥知らずにも己を慰めてみせた。

快楽を得るためならどんなあさましい真似でもした。

木津のような綺麗な人の前にこの身を晒しているのが急に耐えがたい事のように感じられ、

瑛はもそもそと軀の向きを変えた。木津に背中を向け、手首を握り締める。

そうして初めて思った。

いままでの事全部、なかった事にできればいいのに。

「白倉」

おどおどと俯いてしまった瑛に何を思ったのか、木津が瑛の肘を摑んだ。

木津の体温を感じた瞬間、頭の中で何かが弾けた。

「触らないでください！」

痛烈な音が響く。

「あ……」

木津の手を叩き落としてしまってから愕然とした。

——なんという事をしてしまったのだろう。

「ごめんなさい。僕、その、混乱してしまって、いま——兄の夢を見ていたから——」

「どんな夢を見ていたんだ？」

木津の声がいつもと違う。

瑛は子栗鼠のような瞳を瞬かせると、はっとして辺りを見まわした。

そもそも木津は、一体いつから此処にいたんだろう。

先刻頰に触れたもの、あれは木津の手だったのではないだろうか。もしかして兄の夢を見ている間、木津はずっと瑛を見ていた——？

怖ろしい想像に、心が竦む。黙りこくっていると、不意に木津が瑛の肩を摑んだ。肉に指が食い込む痛みに、瑛は小さな悲鳴をあげる。

「どんな夢を見ていたんだと聞いている！」

激しい怒気を浴びせられ、瑛は身を縮めた。

木津は激怒していた。いつも怜悧《れいり》な眼の光が鋭さを増している。

あまりの怖ろしさに後退ろうとすると、手首を捕らわれた。パジャマの袖が乱暴にめくり上げられ、治りかけの傷を露わにされる。

「単なる暴力によるものだと思っていたが、君は実の兄と寝ていたのか？」

頭の芯が冷たくなり、世界が揺らいだ。

瑛は叫んだ。

「僕が望んだわけじゃない！」

今度は自分の意志で、力一杯木津の手を振り払う。

「僕は嫌だと、言ったんだ！」

信じて欲しかった。だが信じてくれるわけがないとも思った。

きっと木津は見たのだ。瑛が夢の中で快楽を貪《むさぼ》ろうとする様を。

もう——だめだ。

何もかもが崩壊していく音が聞こえたような気がした。

折角手を貸すと言ってもらえたのに、きっと瑛は見捨てられる。木津にも汚い奴だと嘲られ、冷たい眼で見られるようになる。

木津は瑛の悲鳴めいた声に、逆に冷静さを取り戻したようだった。大きく息を吐き、改めて瑛に問いかける。

「白倉、一体どんな夢を見たんだ」

瑛は両手で顔を覆った。

「前に、兄にされた事……」

「お兄さんに、何をされた」

言いたくなんかなかったが、言わねば木津は納得しそうにない。

どうせもう、終わりなんだ。そう思ったら、隠す意味などないような気がしてきた。

どうせもう、瑛は木津に軽蔑《けいべつ》されている。

「裸にされて、玄関のフックに手錠で繋がれた」

「手錠⁉　その時についた傷か、これは」

瑛は首を振った。

「違う。兄さんは僕に何かする時、必ず手錠をかける。僕が暴れるから、この傷はいつも消えない」

瑛は両手を前で並べてみせた。

痣と傷がはっきり残っている。稀《まれ》に傷が治る事があっても、此処はいつも黒ずんでいた。何度も繰り返し傷つけているうちに、色が変わってしまったのだ。

汚いものでも見せられたかのように、木津が顔を歪める。

「いつも？　いつからそんな事をされているんだ」

「十七歳の時から……」

木津は絶句した。

ひどい雨の夜だった。その時も瑛は兄の機嫌を損ね殴られた。

いつもならば、それで終わりなのに、兄は言った。

服を脱げ、と。

まだ何かひどい事をされるのだと予想がついたが、拒否する事はできなかった。

もたついている瑛に兄が拳を握ってみせる。それだけで瑛は縮み上がり、痛みを堪えたぎくしゃくとした動きでシャツを頭から抜いた。

痣の浮いた躯が露わになる。

ズボンもだ、と言われ、瑛は従った。

下着も、と言われた時には少し躊躇ったが、結局は従った。

全裸になって震えている瑛に、兄が手を伸ばしてきた。苦痛はないものの、その行為は暴力以上に瑛をうちのめした。

愛なんてないのはわかっていた。兄は瑛を傷つけるために、辱めたのだ。

木津は薄い唇を引き結び、神経質に手首の傷を擦る瑛を見つめている。瑛はつっかえつっかえ、得体の知れない薬を飲まされ眼の前で自慰を強いられた事を話した。

話しているうちに眼の奥が熱くなってきた。木津はさぞかし呆れた事だろう。兄の要求に応じた瑛をなんていやらしい奴なんだと思ったに違いない。

少なくとも瑛はそうだった。諾々と流される自分を最低だと思っていた。

なんと思われようが、もう、いい。

瑛は投げやりに考える。

結局これは瑛と兄の問題だ。誰かがどうにかしてくれるだろうなんて、期待したのが間違っていたのだ。

話し終わると沈黙が続いた。しばらく後、木津がぽつりと呟いた。

「君はずっとそんな事をされてきたのか」

瑛は唇を噛んだ。

そうだ、と答えて惨めな自分を晒すのは嫌だった。かと言って違うと言えば嘘になる。

瑛はおどおどとベッドの上を後退った。木津の視線が痛かった。神経質にパジャマの袖を引っ張り、傷を隠す。

「白倉」

木津が伸ばした手を、瑛は脅えた仕草で後ろに逃げ、避《よ》けた。

「僕……僕、東京に帰ります」

木津の表情がますます怖ろしいものに変化した。

「――何を言っている」

木津の顔を直視できず、瑛はフローリングの床に向かって言った。

「ご迷惑をおかけして、申し訳ありませんでした。次の本の話は井川としてください。井川ではご不満でしたら、また別の編集を担当につけるよう、僕が上に言いますから」

「君はお兄さんから逃れたいんだろう?」

木津がずいと瑛との距離を詰めようとする。その分瑛は後ろに下がった。

「今更そんな事して、なんの意味があるって言うんですか? 僕はもう……」

何度も、何度も。兄と言葉では言えないくらい浅ましい真似をしてしまった。

どうしたって拭いようもない程薄汚れている。皿を洗うのとは違って、一度汚れてしまった心はもう無垢《むく》には戻れないのだ。

だから。もういい。

更にベッドの上をずり上がり木津から遠離《とおざか》ろうとした時だった。

木津が動いた。

機敏に瑛との距離を詰め、脅えた軀を捕まえる。

いきなり強く抱き竦められ、瑛は硬直した。どうして木津がこんな事をするのかわからなかった。

躊躇いがちにもがいてみるが、木津の腕は緩まない。

木津の腕の中はあたたかくて——守られているような気分を味わえた。

でもそれは間違いだ。瑛は抱き締められているのではなく、捕まえられているのだ。

視界が歪む。

こんな事をするなんて、木津はひどい。いっそ兄と同じように蹴飛ばしてくれればいいのだ。そうすれば瑛も木津を嫌いになれるのに。

放してくださいと抗議したが、木津はだめだとそっけなく突っぱねた。

「帰る事は許さない。自分がどんなにひどい事をされているのか、わからないのか君は」

いつも淡々としていて乾いた印象を与える木津の声が、怒りに燃えていた。

「君は子供時代の罪悪感にひきずられ許そうとしているが、お兄さんが君にしている事は、到底許される事じゃない。君がお兄さんを庇《かば》う必要はないんだ」

「——でも、兄さんは、優しいんです。それに僕がいなければ、兄さんは」

兄はつらい目に遭わずに済んだ。兄の母も死なずに済んだのかもしれない。もしかしたら瑛の母の代わりに父と結婚して、幸せに暮らせたのかも。

だが木津は、瑛の言葉をきっぱりと否定した。

「どんな理由があっても暴力を正当化する事はできない。君はお兄さんの気晴らしの道具だ。お兄さんは君をいわば自分の所有物だと思っている。いまの君はお兄さんの従順な奴隷だ」

——奴隷。

「君も心の中ではわかっているんだろう？　だが認められない。認めてしまったら、耐えられないからだ。だからお兄さんは可哀想な人だと考え哀れむ事で、自分の心を守ろうとしている。——だがそれは欺瞞《ぎまん》だ」

木津の掌が肩を包む。鼻が触れそうな程近くに顔を寄せ、瑛に宣言する。

「東京には帰さない。君は此処にいるんだ。私がいいと言うまで。——お兄さんから解放されるまで」

堪えきれなかった涙がぽろりとこぼれた。

子供じゃあるまいし泣いてしまうなんてと恥じ入るが、木津は笑ったりせず、指先で瑛の涙を拭ってくれた。そうしたらまた胸がぎゅっと苦しくなって。

どうしよう、と狼狽える瑛の耳元で、木津が甘く誘惑する。

「手錠なんてかけられるのは、もうイヤだろう？」

「いやですッ……いや」

木津の手が緩んだ。目元を潤ませている瑛をまっすぐに見つめ、薄い唇の両端を引き上げ

い何かが瑛を木津に従わせる。

その微笑みだけで、逆らうなんて考えられなくなってしまった。兄とは違う、暴力ではない何かが瑛を木津に従わせる。

「――はい」

「いい子だ」

木津の笑みが深くなる。

右手が瑛の頬に添えられた。木津の顔が近づいてくるのを、瑛はぼうっと見つめていた。

唇に何か柔らかいものが触れる。

触れるだけのキス。

満足そうに瑛の頬を撫でると、木津は立ち上がった。朝食ができている。顔を洗って食堂に来なさいと言い置いて、ゲストルームを出ていく。

瑛は寝惚《ねぼ》けたような顔で、唇を押さえた。

ええと。――いまのは、何？

作家からの連絡に校正やデザイナーからの業務連絡、社内通達に井川からの諸々の報告。ノートパソコンを無線LANに繫いだ途端種々のメールが読み込まれ、瑛は小さく溜息をついた。

＋　＋　＋

どこにいてもPCさえあれば仕事の大半はできてしまう。便利ではあるが、仕事をする気分でない時には煩わしいばかりだ。

画面に呼び出した進行表を確認しながら、瑛は甘い溜息をつく。

あれは、キスだった。

唇と唇が触れあったんだから、絶対にキスだ。

とはいえ変な期待をしてはいけない。木津がどういう意味でキスしたのかなんてわからない。もしかしたら好きとかそういうのではなく、泣いてしまった瑛をよしよしとするような気持ちでキスしてくれたのかもしれない。木津は事あるごとに優羽にキスをしているし、多分木津にとってキスはそう重要な意味を持つものではないのだ。

でも瑛は、木津の唇を受けた瞬間、ヒューズが飛んでしまった。胸が締めつけられるように痛くなり、頭が真っ白になってしまった。

木津の唇は、柔らかかった。

同じ男性ではあったけれど、嫌だなんてちっとも思わなかった。それどころか嬉しくて嬉しくて、一瞬前まで心を塞《ふさ》いでいた絶望的な気分が掻き消えてしまったくらいだ。

「僕、木津先生が、好きみたいだ……」

小声で呟いてみてから思い切り否定する。

「みたい、じゃない。好きだ、好き。というか、……とても、好き」

溢れ出した気持ちに、爪先《つまさき》まで甘く痺れてしまいそう。進行表なんてちっとも頭に入らない。

「こういう時、普通はどうするものなのかな」

こんなふうに人を好きになるのは初めてだった。

自分の事が好きなんですかと聞いてみたい。でももし聞いてみて〝いや別に〟なんて言われたらどうしよう。恋愛経験がまったくない瑛にはこういう場合どう振る舞うべきなのか、皆目見当がつかない。様々な可能性を妄想し、赤くなったり青くなったりしてしまう。

でも――待って。

相手は同性で、日本中の出版社が取り合いをするような人気作家だ。そんな人が瑛のようなつまらない人間を相手にするだろうか。

そう気づいたら、浮ついていた気持ちがすとんと落ち着いた。

「――やだね。いい年して何をキスひとつで舞い上がっちゃってんだろ、僕は」

木津が瑛を好きになるわけがない。

木津は瑛が兄と何をしていたか、知っているのだ。

「――本当に、馬鹿みたいだ……」

天井を見上げ、ふうと息を吐く。それから瑛は猛然とPCに向かい、端からメールに眼を通し始めた。

井川に対応を依頼しなければならないメールをまとめて転送し、あちこちに電話をかける。

作業が終わりに近づいた頃、テーブルの反対側にくりくりに巻いた癖っ毛が出現した。キーボードを叩きながら見ていると、そろそろと榛色の眼がせり出てくる。

肩までテーブルの上に出ると、優羽は頬杖《ほおづえ》をついた。そのまま話しかけるでもなく黙って瑛が作業しているのを眺めている。

やがてくう、と優羽のお腹が鳴り、瑛は思わず吹き出した。

「お腹がすいたのかな。ドリルは終わったの、優羽くん?」

朝食の後、優羽が木津に今日のノルマを言い渡されていたのを瑛は聞いていた。

優羽は頬杖をついたまま、こっくり頷く。

「……あのね、ゆうがお昼ごはん作るから、おにいちゃん手伝ってくれない?」

おっとりと要請され、瑛は時計を確認した。既に正午を過ぎている。

「優羽くんが作るの？　木津先生は？」

「タイシュウはお仕事がいそがしいの。だから、ゆうが作る。でも、ゆうは大人がいる時じゃないとガス使っちゃいけなくて……」

空腹だが木津の邪魔をするのも悪い、だから自分で作ろうと思ったがそれも木津との約束を守ろうとすればできない。困った挙げ句、瑛に立ち会ってもらえばいいと思いついたのだろう。

瑛はおどおどと顔色を窺ってくる子供に微笑みかけた。

「いいよ。何を作ってくれるのかな？」

ようやく優羽の顔にはにかんだ笑みが浮かぶ。

「たまごのサンドイッチとツナのサンドイッチと、ピーナツバターのサンドイッチ」

「美味しそうだ」

席を立つと、優羽がいそいそとテーブルをまわり込んできた。何かが手に触れる。驚いて見下ろすと、優羽が瑛と手を繋ごうとしていた。視線に気がつくと、頭をのけぞらせ瑛を見上げる。きょとんと明るい色の瞳を見開き首を傾げるのを見て、瑛はくらくらした。

どこまで可愛い生き物なんだろう、この子は。大人と歩く時は手を繋ぐのが当たり前だと思っているのだ。

……瑛もかつてはいろんな事を信じていた。

兄弟なら仲良くするのが当たり前だと。執拗《しつよう》に憎んだり傷つけたりはしないものだと。

「なあに?」

「いや……行こうか」

きゅっと握り締めてくる小さな手の感触に、胸がほんのりあたたかくなる。

短い廊下を抜け食堂に入ると、瑛は優羽と手を繋いだまま冷蔵庫の前に立った。

白い冷蔵庫は角が丸いレトロなデザインだった。二人で暮らすにはいささかどころでなく大きなサイズだ。瑛の身長より大きい。

両開きの扉を開くと、いろんなものがぎっしり詰まっている。

随分すっきりしたキッチンだと思っていたら、なんでも冷蔵庫にしまっているからだったようだ。

「お米まで冷蔵庫に入っている……」

「冷蔵庫に入れないとカビカビになっちゃうんだって。おにいちゃん、たまごとって?」

細い声でお願いされ、瑛は一番上のホルダーから卵を取り出した。食パンにマヨネーズ、タマネギにバターも取り出す。ピーナツバターはなかったので、代わりにブルーベリージャムの瓶を出した。

コンロの火を点《つ》け湯を沸かしている間に、食パンの処理に取りかかる。優羽は危なっかしい手つきではあったが、小さな手でしっかりパンを押さえ耳を削ぎ落としていった。時間はかかるものの、着実かつ綺麗に仕事をこなしていく。

「タマネギはどうするのかな」

「水にさらしてからみじん切りにする……」

「じゃあそれは僕がしてもいいかな?」

手伝いを申し出ると、優羽はほっとした顔をした。タマネギを切るのは苦手らしい。

沸騰した湯に卵を投入すると、タイマーをかけ、パンにバターを塗り始める。みじん切りにしたタマネギは油分を搾《しぼ》ったツナと混ぜてパンに挟んだ。タマネギを入れたサンドイッチは初めて作ったが、つまみ食いしてみるといい感じにタマネギの辛さが効いており、食感もいい。

手についたマヨネーズを舐め取っていると、優羽と眼があった。じいっと瑛を見つめている。

「……何?」

「おにいちゃんはタイシュウのコイビト?」

小さな声で尋ねられ、瑛はいとけない子供の顔を見直した。

「……どうして?」

「だって、ちゅうしてた」

どっと厭な汗が吹き出してきた。思わず大きな声を出してしまう。

「見てたのッ!?」

優羽は脅えたように首を竦めた。

「だって、タイシュウがおっきな声出してたから……喧嘩しているのかと思って」

もし本当に喧嘩していたら、この小さな軀で止めに入るつもりだったのだろうか。

感動したが、大きな声を出された優羽は怒られたと思ったのだろう、眼に涙を溜め始めている。瑛は慌てて優羽の前にまわり込み、膝を突いて視線をあわせた。

「喧嘩なんかしてないし、優羽くんの事も怒ってないよ」

できるだけ優しい声で言うと、優羽は上目遣いに瑛を見つめた。

「……ん。ちゅう、してたもんね」

瑛はこくりと唾を飲み込んだ。

「あのさ、優羽くんだって先生とキスしてたでしょう?」

「してたけど、でも、コイビトのちゅうなんかしないよ?」

「恋人のキス!?」

「うん。おくちにするのはコイビトだけにする、特別なちゅうなんでしょう?」

瑛は真っ赤になって俯いた。

特別な、キス。あれはそういうキスだったんだろうか。確かに普通、気のない相手の唇にくちづけたりはしない。

優羽の言う通りだったら嬉しい。でも、きっと違う。だってどう考えても木津が瑛を好きになる理由などない。

瑛が兄と軀を重ねていたような男だと木津は知っている。垂れ目が可愛いとはよく言われるが、いまは顔に大きな醜い痣がある。男の癖に泣いたりしたし、魅力的な所などひとつもない。

……考えていたら落ち込んできた。

「ゆうのママ、いつもタイシュウに言ってた。早くイイヒト見つけなさいって。独りだとそのうち淋しくなるよって」

瑛は弱々しい笑みを浮かべた。優羽は瑛の背中を押すつもりだったのかもしれないが、痛恨の一撃を受けた気分だった。

優羽の母親が言っているイイヒトは、まず間違いなく女性だ。間違っても瑛のような男性ではない。

「ママがお友達連れてきて会わせようとしても、タイシュウ逃げちゃうの。でも、おにいちゃんがいれば、ゆうがママの所に帰っても、タイシュウ淋しくないよね？」

「ママの所に帰りたいの？」

優羽はこっくりと頷いた。

「タイシュウは大丈夫だって言うけど、もしゆうがいない時にパパが来たら、またママが怪我するかもしれないでしょう?」

子供らしく母親を恋しがっているだけだろうと思っていた瑛は、息を呑んだ。

優羽の思いつめたような表情は、子供とは思えない程大人びている。

「……優羽くん」

タイマーのベルが鳴り始める。優羽はくるりと振り向くと、高過ぎる椅子から不器用に下り、茹《ゆ》で上がった卵の元に駆け寄った。大急ぎで冷水に移そうとする。

「悪い、遅くなった」

瑛も手伝いに行こうとした所で木津が食堂に入ってきた。卵の処理をしている優羽に気がつき、眉を上げる。

「なんだ、優羽がお昼ご飯作ってくれているのか?」

「うん!」

誇らしげな子供の頭を木津がくしゃくしゃにする。頭の天辺にはキスまで落とされた。

ちりりと瑛の胸が痛む。

たくさんキスしてもらえる優羽が羨ましい。

「お疲れさまです。お仕事、終わったんですか?」

「ああ、いま君の所の雑誌のエッセイを送った。……資料を持ってきてくれて助かったよ」

木津の目尻に皺が寄る。まなざしが柔らかい。

――コイビト。

優羽の言葉が急に頭の中に蘇り、瑛は顔が熱くなるのを感じた。

「あの、ありがとうございます。お疲れさまです」

木津の顔が見ていられない。いそいそとジャムを冷蔵庫にしまおうと背を向けたのに、なぜか木津が追いかけてきた。

「白倉は泳げるか」

唐突な問いに瑛は戸惑う。

「はい？　まあ、人並みには……」

「じゃあ午後は海に行こう」

「え」

「海……！」

優羽が顔を輝かせる。瑛は、焦った。

「あのでも僕、水着とか持ってきてないですし、それに……」

傷ついた手首を人目に晒したくない。

「大丈夫だ。水着もラッシュガードも貸してやる」

「ラッシュガード?」

ラッシュガードがどんなものか海に興味のない瑛は知らない。なんとか断ろうとうまく働かない頭を振り絞るが、何も思いつかない。

シャツの裾が遠慮がちに引っ張られた。

見下ろすと優羽が瑛を見上げている。

「行こ。タイシュウがね、まるで天国みたいに綺麗なとこに連れてってくれるよ?」

……天国?

子供は微笑んでいる。その手はしっかり瑛のシャツの裾を握り締め、離そうとしない。木津も瑛の腕をしっかり捕らえている。

抗議しようと顔を上げると、すぐ眼の前に木津の顔があった。近過ぎる距離にぎょっとして凍りついた瑛に、木津が乾いた声で命ずる。

「来るんだ。いいね」

灰色の瞳が瑛を搦《から》め捕《と》る。

催眠術にかけられる時ってきっとこんな感じなんだろう。頭の芯が痺れて、何も考えられなくなる。気がついたら瑛は頷いてしまっていた。

木津が貸してくれた水着はトランクス型だった。少しゴムが緩いが、紐《ひも》をしっかり結べば問題ない。

ラッシュガードは水遊び用の長袖パーカのようなもので、強い陽射しから肌を守るため袖が手の甲まである上、めくれ上がらないよう中指を通す穴が開いていた。これなら傷の残る手首を見られる心配はない。

貸してもらった日焼け止めを塗り、マリンブーツを履いて外に出ると、木津が小振りの舟を肩に担ぎ波打ち際に運んでいた。

「あのっ、手伝います……っ！」

ひとり乗りのを一艘、二人乗りのを一艘、家の横手に設けられたラックから陽光がきらきら弾ける海まで運ぶ。

木津は膝までぴっちり覆う黒いウェアに白いTシャツ姿だった。ラウンド型の茶色いサングラスをしている。

「これ、なんですか？」

「カヤックだ。これであそこまで漕《こ》いでいく」

木津が指さした先には、白い島がひとつだけ顔を出していた。

ただビーチで水遊びをするのかと思っていたのに随分大掛かりだ。優羽も嬉しそうに、身長より長いパドルを運んでいる。

「おにいちゃん、カヤック初めて？」

上目遣いに尋ねる優羽もラッシュガードをしっかり着込んだ上に、ライフジャケットをつけていた。背中には小さなバックパックを背負っている。

そうだと頷くと、木津が波にゆらゆら揺れていたひとり乗りのカヤックを手で押さえた。

「大丈夫だ。今日は波も殆どないし、この辺りは潮の流れが穏やかだからな。優羽、白倉に手本を見せてやれ」

大きな麦藁帽子を被った優羽が大きく眼を見開いた。緊張した面持ちで前に出る。マリンブーツを履いた細い足で水の中に踏み込んだ優羽はまず、後ろ向きにフレームに手を突いた。

「う、うんっ。あのね、簡単だよ。こうやって乗るの」

椅子に座るように、尻からカヤックへと乗り込む。それから足を引き上げて軀の向きを変え、背もたれ《バックレスト》にしっかり寄りかかれるよう、尻をシートの後ろにずらした。

カヤックが揺れないよう押さえていた木津が手を離しパドルを渡すと、すいすいと漕ぎ始める。学生時代以来手漕ぎボートにすら乗っていない瑛は、不安そうに木津を振り返った。

「優羽くんは、どれくらいカヤックの経験があるんですか？」

「これが二回目だ」

「ええ⁉」

見るからに運動が苦手そうなタイプに見えたのにとショックを受ける瑛にもパドルが渡さ

れる。ざっとパドルの持ち方などの説明を受け、瑛も海に踏み込んだ。

ライフジャケットを着せてもらってから、カヤックに乗り込もうとする。木津がカヤックを押さえてくれたが、それでも海の上に浮いているだけの代物である。頼りなく揺れる様から無様に転げ落ちる自分の姿が容易に想像できて怖い。

それでもなんとか無事にシートに落ち着くと、木津も大きなバックパックを背負い、後部席に乗り込んだ。

「さあ出発だ。ゆっくりでいい」

平然と命じられ、瑛はパドルで水を掻いてみた。

「ブレードを見て。水をしっかりキャッチできる角度に調節するんだ」

シャフトを持ち直すと、手応《てごた》えがずしりと重くなる。うまく水をとらえると、カヤックは海面を滑るように動き出した。

「優羽。出発だ」

ビーチの近くに浮かんだまま、海の中を覗き込んでいた優羽が慌ててカヤックを漕ぎ始める。

二艘が競うように白い島へ向かって進んでいく。思いの外スピードが出て、髪を梳く風が気持ちいい。

振り向くと、木津が後ろで力強くパドルを操っていた。赤い屋根の家があるビーチが見る見る遠くなる。

　気がつけば瑛は、海のただ中にいた。

　強い陽射しに、目眩がしそうだった。

　前方には白い島と先行する優羽の後ろ姿しかない。あとは海の青と空の青で世界は二分されている。

　澄んだ水はエメラルドグリーン。時々魚の影も見える。

「タイシュウ、しましまの蛇がいる」

　優羽の声にぎょっとして眼をやると、派手な白と黒の横縞に彩られたウミヘビが海面に浮いていた。陸に住む蛇と同じように身をくねらせ前へと進んでいく。

「毒蛇だ。綺麗だからといって手を出してはいけない」

　後ろへと消えていく蛇を軀を捻って眺めていた瑛に、木津が教える。

　ここでは危険な生き物でさえ美しい。

　白い島は思っていたよりずっと小さく、十歩も歩けば横断できた。白い表面には草も木も生えていない。瑛は身を屈めると、島の表面を覆う枝のようなものを拾い上げた。漂白されたように白く、硬い。

「白い——骨？」

「死んだ珊瑚の欠片だ」

バックパックの中身を空けていた木津が独り言めいた呟きに答える。優羽もまた波打ち際に座り込み、バックパックの中に入っていたフィンとシュノーケルを引っ張り出そうとしていた。

「シュノーケルの経験は？」

瑛は首を振った。

「……ありません」

「じゃあライフジャケットは脱がないで、このゴーグルをつけなさい」

当然のように木津が言う。瑛は慌てて首を振った。カヤックから見た景色だけで瑛はもうすっかり満足していた。

「あの、僕、いいです。ここでお二人が泳ぐの見ていますから……」

だが木津は今度も引かなかった。

「天国が、見たいんだろう？」

木津に問いかけられ、瑛は沈黙する。

天国？　いま見てきたものだって天国みたいに綺麗だったのに――これ以上のものがこの先にあるんだろうか。

「おいで」

やけに熱く感じられる手が瑛の手を握る。瑛を浅瀬へと導く。

フィンを手渡され、瑛は仕方なく履いた。木津がゴーグルを軽く海水でそそぎ、差し出してくれる。少しバンドがきつ過ぎるような気もしたが、そのまま嵌《は》めてマウスピースをくわえた。濡れたプラスチックの窓越しにきらめく海が見える。こうして眺めているだけでも充分美しい。

「フィンを引っかけないように、後ろ向きに歩いて海に入るんだ」

言われるまま海に入る。

強い陽射しのせいで火照った肌に、海水は冷たかった。フィンが邪魔で動きにくい。そういえば学生時代、水泳の授業は大嫌いだった。水の中は動きにくいし苦しいしやたら疲れる。瑛は顔を顰《しか》めた。

この島へは仕事で来た筈だったのに——何をしているんだろう、僕は。

「顔を海に浸けて、ちゃんと呼吸ができるか確かめて」

言われた通り海中に顔を沈めて。

瑛は——息を呑んだ。

上からでは光が反射し、ぼんやりとしか見えなかった海の世界がはっきりと見えた。すぐ足元を水族館でしか見た事のない熱帯魚が擦り抜けていく。少し先に傘を広げているのは、本物のテーブル珊瑚だ。海面から差し込む初夏の陽射しがすべてを鮮やかに浮かび上がらせている。

海面から顔を上げ木津を振り返ると、木津は薄く微笑んでいた。

「さあ、こっちだ。行こう」

ゆっくりと泳ぎ出した木津の後を、優羽と一緒に追っていく。徐々に水深は深くなっているが、ライフジャケットを着ているから沈む心配はない。邪魔だと思っていたフィンのお陰で楽々と軀が進む。

信じられない程たくさんの魚が群れていた。どれも熱帯魚らしく色鮮やかで美しい。一匹だけでふらふらと泳ぎまわっているものもいれば、群を作っているものもいる。

先を行く木津が不意に海面を離れ潜り始めた。ライフジャケットをつけていない軀のまわりで白いTシャツが揺らめく。

海底に着いた木津が両手で示した場所には大きなイソギンチャクが触手を広げており、特徴のある赤と黒の魚がいた。

——クマノミだ。

「可愛いね」

優羽はじっと小さな魚を眺めている。細い足を流木だとでも思ったのか、小さな魚がまとわりつくようにして遊び始めた。

本物の海の中の景色は水族館で見るのともテレビや映画で観るのともどこか違っていて、瑛は圧倒された。

海面に浮かんだまま青い世界を見渡す。ここは瑛が普段暮らしている現実とは別世界のように美しい。

そこら中で泳ぎまわっている魚たちをただ見ているだけで、楽しくなる。

醜い事も厭な事も忘れて、心が綺麗なものだけで満たされる。

何もかもが洗い流されて、ゼロになる。

心が——リセットされる。

いつも意識の何処かにこびりついている兄の存在まで忘れ、瑛は波に揺蕩《たゆた》った。

どれだけそうしていただろう。やがて迎えに来た木津にせっつかれ、瑛はもっと眺めていたいと思いつつ、島へと上がった。

「躯が、重い……」

海から出た途端、ずしりと重くなった躯を引きずるようにして立ち上がりフィンを脱ぐ。

先に上がっていた優羽の隣に腰を下ろし、陽に灼かれた白い珊瑚のあたたかさにほっとして、瑛は初めてひどく躯が冷えていた事に気がついた。木津はこれを見越して迎えに来てくれたのだろう。

瑛と同じくくたびれた顔をした優羽が、魔法瓶から茶を注ぎ、差し出してくれる。ジャスミンの香りのするあたたかい茶は、この世のものとも思えぬ程美味しく、躯の隅々まで染み渡る気がした。

少しずつ茶を飲みながら、どこまでも澄んだ海を眺める。

「本当に、天国みたいでした」

そう瑛が呟くと、フィンやシュノーケルを片づけていた木津が小さく笑った。

「心が洗われるようだったろう?」

「あ――そうか。その表現はきっとこういう時に生まれたんですね」

濡れたせいで重いのだろう、木津が着ていたTシャツを頭から抜く。引き寄せられるように木津の姿を眼で追っていた瑛は瞠目《どうもく》した。木津の脇腹に長い傷痕が走っていた。

新しい傷ではない。色も薄くなっているし、暗い場所だったら気づかない程度の痕だ。だが見る角度によっては縫合の痕がまだくっきり浮いてみえる。

Tシャツを絞っていた木津が瑛の視線に気づいた。

「この傷が気になるか」

ぱん、と音を立て白い布が勢いよく広げられる。

瑛は狼狽した。無意識に自分の手首を探る。

「あ……っ、いえ……」

「十五歳の時、ハイスクールで負った傷だ。級友にバタフライナイフで斬りつけられた」

著者略歴には当然そんな事は記載されていなかった。

「どうして……と聞いても、いいでしょうか」

「日本人だったからだよ。私は米国育ちでね。この国にいると忘れてしまいそうだが、あちらでは白人でないというだけで対等に扱う必要はないと考えるような人間がまだ存在する。私たちの中でも小柄な友人が悪い連中の標的にされていて、たまたまある日、彼がナイフで脅されている場面に行き会ってしまった」

本当にたまたまだったんだろうかと、瑛は思った。

バスタオルにくるまって暖を取っていた優羽が眠そうな声をあげる。

「タイシュウが助けてあげたんでしょう？」

木津は優羽の父親を殴った話をした時と同じ暗い表情を見せた。嫌な予感に瑛は視線を揺らす。

「そのお友達も——怪我を？」

「いや。彼は無傷だったが、私が怪我してしまった事をひどく気に病んでしまってね。会う度、くどくどと礼を言うんだ。ランチを奢《おご》ってくれようとしたり、高価なフットボールのチケットを譲ってくれたり。まるで——私が特別な存在ででもあるかのように」

思わず優羽を振り返ると、優羽も瑛に眼を向けていた。〝パパ〟について語った時と同じ、子供らしくない透徹したまなざしが瑛を見つめている。だがその眼はすぐに伏せられカップの中を覗き込んだ。

「私が助けたせいで彼は以前のように気安く付き合える友達ではなくなってしまった」

「お友達のこと、イヤになっちゃった?」

細い首を折れそうな程曲げ、優羽が尋ねる。

「いいや。だが日本に帰国する事になった時には正直ほっとした」

濡れて顔に張りつく髪を掻き上げ、木津は水気を絞ったばかりのTシャツを再び着込んだ。

自分のカップに魔法瓶から茶を注ぐ。

「罪悪感は時々人と人との関係《バランス》を壊す。取り返しのつかない事に拘《こだわ》り続けて、いい事なんてひとつもない。生きていればいつか借りを返せる時は巡ってくるんだから、その時を待てばいいんだ。——そうは思わないか?」

木津は瑛と兄との事を言っている。どうにもできない事を償おうとし続けている愚行をやめろと暗に瑛を責めている。だが十年もかけて築かれてしまった関係である。そうそう変える事はできない。それに瑛は兄が好きなのだ。

「優羽、起きろ」

少し大きくなった声に振り返って見ると、さっきまでちゃんと話を聞いていた優羽がカップに鼻先を突っ込むようにして舟を漕いでいた。

木津の声に反応し、半分閉じかけていた眼を開く。

「すぐ家に帰るから、それまで寝るな」

「んー」

返事はしたものの、優羽はいまにも眠ってしまいそうな顔をしている。陽差しを遮るものの一切ないこんな場所で眠り込んだら、すぐ熱中症になってしまいそうだ。大急ぎで瑛は木津と帰り支度を始めた。

記念に珊瑚の骨を一摑み拾い、潮に流されないよう島に引き上げてあったカヤックを海に浮かべる。今度は優羽が木津と同じカヤックに乗った。瑛ももう、ひとりでカヤックを操らねばならない事に不安はない。

ビーチに着いて見ると、優羽は眠ってしまっていた。

瑛がカヤックを押さえ、木津が眠っている優羽を抱き上げる。とりあえず波に攫《さら》われない位置までカヤックを引き上げ、瑛が細々とした荷物をまとめて抱えた。

「そういえば、米国のお友達とはまだお付き合いがあるんですか？」

思い出したように尋ねた瑛に、木津は穏やかに答えた。

「年に一度、クリスマスカードを交換している。向こうに行った時には夕食をご馳走《ちそう》してもらう事もある。いまだに会えばあの時の礼を言われるがな」

——まだ、付き合いがあるんだ。

離れられてほっとするような相手とも繫がりを保ち続けられる木津の懐の大きさに、溜息が漏れる。

家に向かう木津の後を追いながら、瑛は淋しげに微笑んだ。

「僕と兄さんも、そういうふうに関わり続ける事ができるのかな」

瑛の頭の中では、それは〝ありえない事〟だった。ここまでこじれてしまった後なのだ、一度傍を離れたら兄は絶対に瑛を許さないだろう。そう思っていたのに木津はやっぱり当たり前の事のように言った。

「君がカードを送り続ければ、多分、な」

瑛は立ち止まった。

そういう、ものなのだろうか。

木津の一言で、世界が変わり始めたのを瑛は感じた。頭から駄目だと思い込んでいた何もかもが別の可能性を帯びてゆく。

もしかしたら——何もかもうまくいくって事もあるんじゃない？

幸せな世界は、物語の中だけじゃなく、現実にもあるのかも。

瑛がついてきていない事に気づいた木津が足を止め、振り向いた。

眼が、あう。

その瞬間、心のどこかがぴんと張りつめた。

——恋だって、そうだ。

どこか頼りない風情のある顔を、瑛は引き締めた。

「木津先生、今朝の事、優羽くんに見られてたって知ってました？」

ちゅうしてた、と子供っぽい興奮を滲ませ優羽は言った。コイビトなの？　と。

そんな事はありえないと、瑛はあの時思っていた。好きだけど、自分なんかの手が届く存在ではないと。

若くて綺麗な女性がパーティーで木津の気を惹こうとしていた。木津を欲しがる人は多分数えきれない程いる。瑛など比較にならない程美しく、才もある存在が。

でも——瑛も、この人が、欲しい。

瑛はつまらない存在だけれど、暴力から逃れた後も兄となんらかの繋がりを保てる可能性があるならば、瑛が木津を得られる確率も多分ゼロではない筈だ。

「……ゲストルームを出た時気づいたよ。慌てて逃げていく背中が見えたからな」

瑛はいままで恋愛なんてした事がなかった。兄がいたからだ。

恋の駆け引きなんて知らない。でもこの男を得たくて、瑛は必死に言葉を探す。

「教育上こういうのってよくないですよね」

「そうだな。だが次からは扉を閉めて鍵をかければいい」

木津に平然と嘯かれ、瑛の手の中からバックパックが滑り落ちた。

——次？

次も、あるってどういう事？

木津は瑛を待っている。長身を少し反らせ、乱れた黒髪から時々ぽたりと塩水を滴らせながら。

混乱する瑛を見つめる木津の瞳は静謐で、底が知れない。

――どういう事だって、いい。

初めから釣りあわないのはわかっている。単なる〝たられば〟の話でも、遊びでも勘違いでもなんだっていい。

わずかな可能性を掴むために、瑛はその言葉を口にした。

「あの、僕、木津先生が好きです」

木津の灰色の瞳がわずかに揺らめいた。

瑛の足が震え始める。

「すみません、いきなり同性にこんな事言われたら困っちゃいますよね。でも、僕、先生を、好きになっちゃったんです」

木津の眼を見ていられず、瑛は俯いた。

地面ばかりが広がる視界の中、木津の足が向きを変える。すたすたと戻ってきて優羽を揺すり上げ、片手を空ける。

顎を下から持ち上げられ、瑛は恐る恐る顔を上げた。そうしたら驚くべき事に、覚えのある柔らかなものが唇にあたった。

――接吻。

これは、どういう意味なんだろう。

瑛はパニックに陥った。

OKという事なんだろうか。それとも何か別の意味があるんだろうか。

自分に都合のいい展開が瑛には信じられない。

フリーズした瑛の手を木津の骨張った指が捕らえた。そのまま手を引いて、家の中に引っ張っていかれる。

「あの……先生？」

最初の目的地は優羽の部屋だった。

眠っている優羽をベッドに下ろすと、マリンブーツだけ脱がせ木津は再び瑛の手を引いて廊下に出た。次に瑛が連れていかれたのは木津のベッドルームだった。

「先生？」

いつも開け放されている扉がぴったりと閉じられ、鍵がかけられる。

木津が振り向いた瞬間、瑛は急に逃げ出したいという衝動に駆られ一歩後ろに下がった。

だが繋いだままの手を引かれ、気がつくとまた——唇が重なっていた。木津の顔が信じられない程近くにある。

緊張するあまり、息もできなかった。固まってしまった瑛の唇を軽く舐め、木津が離れる。

「あの……あの」

「イヤか?」

端的な質問に、瑛は慌てて首を振った。

「イヤじゃ、ないです」

「では口を開けて欲しいんだが」

「あ……」

木津は舌を入れるキスをしたがっている。

そう気づいた途端、熱が上がった。

ハイになってしまった頭で、かつて観た映画のラブシーンを検索する。キスってどうやっていただろう? ぽかんと口を開けて待っていたらいいんだろうか。

方針が決まる前にまた木津の顔が近づいてくる。唇が触れる寸前、瑛は思い切って口を開けた。それであっていたのだろう、するりと木津の舌が入ってくる。

「ん……う……」

口の中を優しく撫でられて、背筋が震えた。

無意識に木津のシャツを握り締めると、腰に手が添えられる。木津の舌がゆっくりと口の中で蠢《うごめ》いている。

キスってこんなに気持ちがいいものなのか。

触れあった粘膜から溶けて混ざってゆくような、不思議な感覚に瑛は囚《とら》われた。

「ん、ふ」

ちゅ、と音を立てて唇を吸ってから離れると、木津が目元を緩めた。

「そんなに緊張しなくてもいい」

「あの、……すみません……」

上手にできた自信などもとよりない。自分が下手なせいで木津の興が削がれたらと思ったら急に怖くなり、瑛は上目遣いに木津の表情を窺った。

「謝る事はない。リラックスするんだ。君が嫌がる事はしない。私を、信じて」

小さな音を立て、ラッシュガードのファスナーが下りていく。

気がつくと瑛はベッドの上に押し倒されていた。タオルケットの上に、海水で濡れた髪が広がっている。

「先生、ベッドが、濡れてしまう……」

「後で洗濯しよう」

紐が解《ほど》かれ、最初からゴムが緩めだった水着が引き下ろされる。早くも兆し始めていたモノを剝き出しにされ、瑛は思わず膝頭を擦りあわせた。

「先生、あの……恥ずかしい、です……」

瑛の上にのしかかっていた木津が、困ったように笑って身を起こした。

「それはイヤって事なのかな？」

瑛も慌てて起き上がる。

「違いますけど……でも……」

「脱がないといろいろしにくいと思うんだが」

白いTシャツの裾を掴み、木津は思い切りよく捲《まく》り上げた。まだ湿っている服をフローリングに脱ぎ捨てる。

瑛はおろおろと眼を逸した。

「あの…あの、ごめんなさい。好きな人とこういう事をするのって、初めてで。だから、その……」

「恋人はいなかったのか?」

「兄さんが、嫌がったから」

木津が下のウェアにも手をかける。見てはいけないと思いつつも、瑛は木津が躊躇なく脱ぎ去る様を凝視した。

自分以外の性器をじっくり眺めるのは初めてで、眼を離せない。

木津が苦笑する。

「そんなふうに見られると、さすがに恥ずかしいな」

「あ、ごめんなさい」

目元に朱を上らせ、瑛は下を向いた。

まだキスしかしていないのに、軀が熱い。

「構わないさ。代わりに私も見せてもらうから」

「え……」

掌が、瑛の膝を摑んだ。

大きく足を割り開かれ、瑛はとっさにベッドの上をずり上がろうとする。

「や……っ」

「逃がさない」

木津の、冷たい色の瞳が瑛を貫く。

それだけで瑛は竦んでしまった。

無防備に晒された足の間に、木津が身を屈める。大きく開いた口が、瑛自身をくわえ込む。

薄い皮の表面を、ねろりと舌が滑った途端、ひくんと腰が震えた。

その一点から何かがさざ波のように全身に広がり、瑛を震わせる。

「……潮の味がする」

強い快楽の予感に、目眩がしそうだった。

だが木津にこんなものを舐めさせるわけにはいかない。瑛は恐る恐る木津の頭を押さえた。

「あの、駄目です。そんなとこ、汚いですっ」

腰を引くと、案外容易《たやす》く瑛自身が抜き出される。唾液で濡れ光るモノの卑猥《ひわい》さに、瑛はくらくらした。

「こういう事はした事がないのか？」

するりと滑った木津の手が、瑛の太腿《ふともも》にかかる。親指で優しく腿の内側を撫でられると、もっといやらしい事をして欲しいと軀が疼《うず》いた。

「あるわけ、ないでしょう……っ」

「お兄さんにも要求されなかった？」

瑛の表情に不安な影が差した。おずおずと確認しようとする。

「……普通は、するものなんですか？」

木津は意地悪そうな笑みを浮かべた。再び瑛のものが深々と木津の口の中に呑み込まれる。

「ずるいです、教えてください先生……っ！」

木津は答えない。その代わり、それがどんなに気持ちがいい事なのかを優しく、だが強引に瑛の軀に教え込む。

あたたかい粘膜にすっぽりと包み込まれ、喉まで使って愛撫されて、瑛はのけぞった。

兄に調教された軀は、快楽に極端に弱い。弱みを吸われ、指先で張った袋をやわやわと揉《も》まれたら、簡単に蕩《とろ》けてしまう。

「ああ、いやです、先生……っ。そこ、だめ。だめ、あ、あ……っ！」

瑛は堪え性もなく腰を揺らし、タオルケットを握り締めた。

虚ろに見開かれた潤んだ眼が、瑛の快楽の深さを木津に教えてしまう。垂れ気味の目尻は涙を滲ませ、まるでぷるぷる震える子栗鼠のようだ。

シーツから完全に腰を浮かせ身悶える瑛の姿に満足げに眼を細め、木津は浅く瑛をくわえ直した。先端の割れ目の部分を柔らかく舐めまわす。感じやすい部分に与えられる中途半端な愛撫に、瑛は殆ど泣きそうになった。

「あ、先生……っ、意地悪、しないで……っ。お願い、もっと……っ」

瑛の手が下腹に伸びる。さっきは恥じ入ってみせた癖に大胆な行動をとる瑛に、木津は眉を上げ退《ど》いた。唾液と先走りでとろとろに濡れたものを瑛は握り込む。木津に見られているとわかっているのに己を扱き立ててしまう。

「先生……見な、いで……」

淫乱と、兄は瑛を詰《なじ》った。木津にあんなふうに言われるのはイヤだと思うのに止められない。

「あ……あ……っ」

イく、と思った時だった。いきなり自慰に耽っていた手が引き剥がされた。

「先生、お願い……っ」

「まだイってはだめだ」

片足が膝の上に担ぎ上げられる。足の間を剝き出しにしてしまう体勢に、瑛は真っ赤にな

った。恥ずかしくてたまらない。

「力を抜きなさい」

命じられると同時に何かが蕾《つぼみ》に触れるのを感じ、瑛は軀を捻った。

「あ、な、に……？」

ぬめる何かが、二度三度とそこを往復する。それからぐ、と圧力が加えられ何かがめり込んでくるのを感じた。

「痛……っ」

すっと圧力が消える。また入り口が撫でられる。

「そんなに力んでは入らないだろう？　……あまりこっちには慣れていないのか？」

「慣れるって、何にですか？」

後ろに触れていた手が止まった。

「此処を使ったことがないのか？」

「使うって何に使うんですか？」

木津の軀から力が抜けたのがわかった。担ぎ上げられていた足が下ろされる。

瑛は、脅えた。

何かいけなかったんだろうか。これで終わりにされてしまうんだろうか。

だが木津に不機嫌な様子はなかった。

「……参ったな。白倉、君はお兄さんと一体どういう行為をしていたんだ？」

「どういうって……その、触ったりとか、舐めたりとか……」

羞恥心《しゅうち》が邪魔をして、直接的な表現をする事ができない。曖昧過ぎる言葉に、木津は大きく息を吐くと頭を掻いた。

「さっぱりわからんな」

呆れたような仕草に、瑛の心臓は壊れそうになった。

「僕……だめですか？」

瑛は木津の前に座り込んだ。両手をシーツの上に突き、少し前屈みになって懇願する。

「よく知らなくてごめんなさい、でも先生、僕、覚えますから。どうしたらいいのか教えてくれれば、なんでもできるようになりますから。だから、これで終わりになんて、しないでください……」

相変わらず何を考えているのか表情に出ない木津の唇に、恐る恐る背伸びをして唇を重ねる。それでも反応がないので、身を屈め木津のモノに唇を寄せた。先刻してくれたように、含もうとする。

だが、舌先に塩の味を感じた瞬間、瑛は肩を掴んで引き剝がされた。

「まだそんな事はしなくていい。なんだか……ひどい事をしている気分になる」

「ひどくなんか、ないです」

瑛はしたくてしているのだ。

「いいから、おいで」

腕の中に抱き込まれ、瑛は大人しく木津の胸に顔を埋《うず》めた。髪にキスをされる。それから仰向かされ、唇を吸われた。軽く口の中を舐められ、離れる。

「君のお兄さんは君にこういう事はしたか？」

瑛は首を振った。

「……しません。だって兄さんは、恋人じゃないんですし」

木津の腕が腰へとまわされ、もっと近くへと引き寄せられる。

「ではお兄さんに限らず、キスをした経験は？」

瑛は口ごもったが、結局告白した。

「……ないです」

淫らな経験はたくさんある。だが唇と唇をあわせる行為はそこには含まれなかった。

二十八歳にもなるのにキスさえした事がないなんて、まともでないのはわかっている。木津にそんな事を知られるのが、恥ずかしくてたまらない。

「もしかして、朝、君のベッドルームでしたのが……？」

消え入るような声で瑛は告白した。

「初めて、でした」

言い終わるより早くまたくちづけられた。今度はさっきよりも荒々しく情熱的だ。

うまく呼吸できず息も絶え絶えな瑛の軀を、木津が引き寄せる。

「ではこういう事は？」

二人の軀に挟まれていたモノを、木津が一緒くたに握り込む。

「あ……」

硬くなった木津が瑛のモノにぴったりあわされている。

反応を探るようにゆっくりと手を動かされ、瑛は喘いだ。

「しない、です……」

ちゅ、と唇がついばまれる。

「自分で腰を動かしてごらん」

耳元で囁かれ、瑛は催眠術にかかったかのように従った。膝に力を入れ、腰を浮かす。淫らに腰をくねらせ、木津の性器に擦りつける。

「あ……あ」

硬くて……熱い。

木津の熱を直接感じる。すごく気持ちがいい。

木津の手の締めつけが強くなる。動く度、ごりごりと擦りあわされる。

「せん、せ……」

両手で木津の肩に縋り、瑛は全身を震わせた。我慢できず、射精してしまう。

まだ動いている木津の手が瑛の精液で白く濡れた。

「はあ……ん……」

兄にさせられたどんな行為にも、こんな充足感はなかった。

瑛は吐精の余韻に震える息を吐いた。

「ごめんなさい、先に……」

「謝る事じゃない。だが手を貸してもらえるとありがたいな」

乞われ肩に縋っていた右手を差し出すと、木津はそれを猛《たけ》っている己へと導いた。

「握って」

動悸を堪えつつ言われた通り握り込むと、木津の大きな掌が瑛の手を上から覆った。上下に動き始める。

木津は少し苦しそうな表情で眼を伏せている。その表情を眺め、掌に硬く凝った熱を握り込んでいると、胸の中いっぱいに何かがせり上がってきた。

「気持ち、いいですか……?」

「ああ」

余裕のない、低く掠れた声が愛しい。

瑛はその頰に唇を寄せた。耳たぶを優しく嚙んで、好き、と小さな声で囁きかける。その瞬間、空いた片手だけで木津に抱き竦められた。震える溜息がうなじをくすぐる。
それからすぐ、怒張した雄が震え精を噴くのを掌に感じた。

【 *the fourth day* 】

翌朝眼を覚ますと、隣で木津が眠っていた。

とても幸せな気分だった。

どうやら自分が無知過ぎて戸惑わせてしまったようだが、木津はちゃんと瑛の手で達してくれた。兄のように一方的に嬲るのではなく、瑛と一緒に行為を愉しんでくれた。たったそれだけの事が、ひどく、嬉しい。

いま、何時なんだろう。

外はすっかり明るい。木津の部屋の何処に時計があるのかわからず、瑛は携帯を探してベッドルームを出た。自分の部屋に戻り、チェストの上にあった黒い携帯を取り上げる。

蓋《ふた》を開けた途端、心臓を冷たい手で握り込まれた気がした。

二十件を超える着信があったと、表示が出ていた。メールも十件以上あるようだ。

リストを表示し、瑛は瞑目した。画面は兄の名で埋め尽くされていた。

海に行くため着替えて、それからずっと携帯をゲストルームに放置していた。兄はきっと怒っている。すぐに返信しなければならない。

震える手で返信を打とうとした時だった。後ろから携帯が奪い取られた。

木津が兄の名の並んだ画面を眺めている。

「あの……先生、返してください。兄に、連絡をしないと……」

言い終わるより前に鳴り始めた着信音に、瑛の肩が跳ねた。

無機質な電子音は、兄からの電話を示している。

……電話に、出なければ。早く。

「先生……っ」

ぷつりと音楽が途切れた。勝手に電話を切ってしまった木津を、瑛は信じられない思いで見つめた。

「当分の間お兄さんからの電話もメールも無視していい」

木津の手の中で、再びＬＥＤが点灯し着信を告げる。木津は鬱陶しそうに携帯を一瞥《いちべつ》すると、今度は電源を切ってしまった。

「先生……」

「お兄さんから、解放されたいんだろう？」

自動人形のように、瑛はぎこちなく頷いた。

「ならいまはお兄さんの事は忘れるんだ」

手を貸すと木津は言った。きっと優羽と同じように瑛を守ってくれる。そう、思ったが、瑛は返信がしたくていてもたってもいられなかった。長年かけて培われた強迫観念は簡単に消せるものではない。

返信をしないと、兄は怒る。

後できっと、ひどい事をする。

「朝食を作るのを手伝ってくれないか?」

木津の誘いに機械的に頷き、瑛はゲストルームを出た。だが料理をしている間中ずっと上の空で、マグカップをひとつ割ってしまった。

＋　＋　＋

ＰＣを起動すると即座にメールありのアラームが鳴った。一覧に眼を走らせ編集長からのメールを発見する。一読すると瑛は携帯の電源を入れた。会社へと電話をかける。

「おはようございます」

『おはよう』

「あの、メールに眼を通しました。それで、確認をと思いまして」

『書いてある通りよ。木津先生から昨日要請があったの。白倉をもうしばらく借りたいって。先生がいいと言うまでいまの体制を維持してちょうだい』

瑛の胸が少しあたたかくなる。

木津がわざわざ会社に連絡を入れてくれたとは知らなかった。木津は瑛の会社での立場を心配してくれたのだろう。

気遣いは嬉しかったが、真面目《まじめ》な瑛としては現在の状況は少々落ち着かない。

「あの、いいんでしょうか。なんの引き継ぎもせず長期間出社できない状態になるわけですし」

『出社できなくても仕事はできているって報告を受けているけど。ちょうど中途採用の子が研修に来ているし、井川につけて一緒にあなたのサポートをさせるわ。木津先生に随分気に入られているみたいだし、帰ってきたらあなたの椅子はありませんなんて事にはならないから心配しなくても平気よ』

「ありがとうございます……すみません」

瑛は深い息を吐いた。はっきりと了承をもらえ、少し気が楽になる。

『それよりさっき白倉のお兄さんと名乗る人から電話があったわよ』

「……はい？」

思いがけない言葉をうまく呑み込めず、瑛は凍りついた。白い椅子の上で座り直し、耳をそばだてる。

『出張先が何処か聞かれたわ』

柔らかな編集長の声に鳥肌が立った。

「……教えたんですか」

『いいえ。ちょっと様子がおかしかったし、言っている事が本当か確認もできなかったから』

心拍数が上がっていく。

「様子がおかしかったって、どういう感じだったんですか？」

『すごく攻撃的だった。だから本物か疑ったの。あれは本当に白倉のお兄さんだったのかしら？』

瑛は唇を噛んだ。薄桃色に色づいた薄い唇の形が歪む。

「……多分、そうです。すみません」

兄の影を職場で感じたのは初めてだった。思いがけない展開に背筋が寒くなる。兄は――これからどう動く気なのだろう。

「本当に申し訳ないんですけど、今後連絡があっても僕の居場所は教えないでいただけませんか」

『木津先生に迷惑がかかるかもしれないのに教えないわよ。……ねえ、白倉。もしかしてあなたの顔の痣って……お兄さんの仕業？』

図星を突かれ、瑛は言葉を詰まらせた。反射的に違うと言おうとして、思い直す。兄は今後も会社に働きかけてくるかもしれない。もし何かあった場合、何も知らないよりは知っていた方が的確に対処できる。兄に暴力を振るわれているなんてと眉を顰《ひそ》められるかもしれないが、何かあってからでは遅い。

瑛は、心を決めた。

「——はい」

『わかった。とりあえず、あなたは木津先生の応対に集中しなさい。いいわね』

重い告白はあっさりと聞き流され、会話は終わった。編集長の声が無機質な電子音に取って変わる。瑛はのろのろと携帯を下ろすと、通話を切った。電源を入れたお陰でまた大量のメールが受信されたと液晶画面に表示される。

黒いボディを握り締めると、瑛は決然と席を立ち、足早に木津の仕事部屋へと向かった。風を通すため扉は開け放たれていた。テーブルに向かった木津は書類を眺めている。真剣な表情には近寄りがたい雰囲気が漂っていた。

仕事の邪魔はしたくない。話したい気持ちに急《せ》かされるまま此処まで来てしまったが、どうしようかと瑛は迷う。廊下でぐずぐずしていると、木津が口を開いた。

「どうした」

その眼はまだ書類の上を走っている。

瑛は躊躇いがちに部屋へと入った。木津の仕事部屋は白い光で満ちている。窓の向こうを大きなアゲハ蝶が通り過ぎてゆくのが見えた。

「いま、会社に電話をして、先生が連絡してくださった事を聞きました。お気遣いありがとうございます」

「君を此処に引き留めているのは私の我が儘だからな」

乾いた音を立てて、白い紙がめくられる。

「それから、兄が会社に僕の居場所を問いあわせてきたみたいなんです」

書類を繰っていた手が止まる。木津はようやく眼を上げ瑛を振り返った。

「その、会社の方に迷惑がかかると困りますし、僕やっぱり、兄に」

「だめだ」

木津の声は冷ややかだった。

「いま弁護士をやっている友人と話をしている。それから、興信所」

「興信所?」

木津は手に持っていた書類を差し出した。印字が荒く、各ページにヘッダーが入っているところを見ると、ファックスで送られてきたものらしい。

眼を通してみて瑛は驚いた。書類には兄の経歴や人となりが事細かに記載されていた。

手が、震えてくる。

いま此処にこんなものが送られてきているという事は、木津は瑛の疵について聞いてすぐ、興信所に依頼をしていたのだろう。

書類はかなりの枚数がある。これだけの情報を短期間で調べ上げるなんて、端金ではできない筈だ。

木津は——本気だ。本気で瑛を助けてくれようとしている。

「近日中にどう動くか決める。それまで待ちなさい」

でも、と言いかけて瑛は止めた。木津の指示に瑕疵《かし》はない。反駁したくなるのはただ、兄のメールや着信を無視し続ける事に瑛が慣れていないからだ。——兄と連絡を取りたくてたまらないから。

「——はい」

「しばらくお兄さんの事は忘れるんだ。午後はまたカヤックで出掛けようと思っている」

「またあの島へ？」

海底にちらちら揺れる光の中、群れる魚たちを思い出すと少し気が安らいだ。

瑛の手の中から書類を取り返した木津がテーブルに向き直る。

「今度は川だ」


遅い昼食の後、またカヤックで海に漕ぎ出した。

海は浅く、白い海底に太陽の光が揺らめいているのが見える。

岸伝いに進んでいくと、波打ち際まで緑の木々が迫ってきた。海水に浸かった幹の半ばから広がった無数の根の間を鮮やかなコバルトブルーの熱帯魚が戯れている。

「マングローブだ……」

ネイチャー番組で見た事がある。熱帯や亜熱帯の、潮が満ち引きする特殊な環境だけに生育する森。

浅い海は流れの穏やかな川に繋がっていた。優羽を乗せた木津のカヤックが流れを遡っていく。

静かだった。

誰もいない。蟬の声だけが間遠に聞こえる。時々何処かで魚が跳ねる音がする。

ここにもアゲハ蝶がたくさんいた。左右の木々の間を優雅に舞っている。よくよく見ると木の幹に蟹《かに》がしがみついていたりする。

のんびり流れを遡っていくとやがて水音が聞こえ、穏やかな川は岩々の間を流れ落ちる沢へと変わった。

カヤックで行けるのは此処までである。

太腿程の深さがある川の中に下り、木の枝にカヤックをもやう。

島へ渡ったときと同じく、皆ライフジャケットに水着と、水に入れる格好で来ていた。水の流れはそう激しくない。バックパックを背負い、更に上流へと向かう。

沢登りなどした事のなかった瑛にはこれも刺激的な体験だった。岸辺の岩の上を伝って歩き、いい足掛かりが見つからなければ水の中をじゃぶじゃぶ歩く。水の中の岩は滑りやすく、うっかり足を滑らせると冷たい水を浴びる羽目になったが、暑いのでこれも気持ちいい。

生い茂る羊歯と椰子科の植物。ジャックと豆の木に出てくるような巨大な蔓《つる》が頭上を横切り亜熱帯の森の奥へと消えている。鮮やかなコバルトブルーの尾を持つ小さなトカゲを驚くほどあちこちで見かけた。真っ赤な嘴《くちばし》が鮮やかなアカショウビンが飛び去っていく姿も見た。

そうやって少し山を登り、岩に水が堰《せ》き止められた天然のプールに突き当ると、持ってきた茶や菓子を広げて休憩を取った。食休みもそこそこに、優羽がプールに飛び込む。川の水は海とは比較にならない程冷たく、そこここに泳ぎまわるやまめの影が見えた。

木々の間から見える空は何処までも青かった。

海とは違う美しさを、瑛は満喫する。

着信履歴に並ぶ兄の名前を見てからあんなに不安でいてもたってもいられなかったのに、今は何もかもが遠く感じられた。

ここは兄がいない物語の中だ。

遠く離れてようやく冷静に物事を見られるようになった気がする。

瑛がいままで考えもしなかっただけで、本当は様々な選択肢が瑛にはあった。その中から兄の傍にいる事を望んだのは瑛だ。

瑛は兄が好きだったから。

でも兄はどうだったんだろう。

「あんまり、考えた事なかったな……」

兄も社会人になった時点であの家を出ていけた。だが兄はそうしなかった。考えてみれば、不思議だ。

瑛は立てた膝の上を眺める。

そこにはいつの間にか真っ赤なイトトンボが止まっていた。

＋　＋　＋

夜になると木津が部屋を訪ねてきた。

「いいか?」

開け放されていた扉に、鍵がかけられる。木津に借りたパジャマ姿でくつろいでいた瑛は、途端に固くなった。

「はい……あの、でも……」

木津が少し頭を傾ける。

「白倉がイヤなら無理に付き合う必要はないぞ」

「イヤじゃないですけどっ、あの、僕なんかじゃつまらないんじゃないかと思って——」

言っている間に顔が熱くなった。瑛は顔を真っ赤に染め、俯いてしまった。

「まさか」

一見冷ややかな灰色の瞳が細められる。肩を抱かれ顔を寄せられて、瑛は眼を伏せた。

唇を、吸われる。

「イヤでないなら、おいで」

熱など感じられない、乾いた声に誘惑され、瑛はぎこちなくベッドに腰を下ろした。

「先生、あの、僕も口で、その……します」

パジャマの裾から乾いた掌が入ってくる。

「無理はしなくていい」

隆起などない胸を探られ、ぷつりと膨らんだ場所をつままれて、瑛は呼吸を引きつらせた。

そこは、弱い。

「無理じゃ、ないです。その、後ろを使っても、いいです、し……あ」

きゅ、とこねられ甘い吐息が漏れた。

「感じるのか?」

「……はい」

眼が、潤んでくる。

もっと強く、そこをいじめて欲しい。

物欲しげな顔をしているのに気づいたのだろう、木津が両方の胸を一遍につねり上げた。

「あン……っ」

「調べたのか? ……どうするものなのか」

「はい……ネットで」

ベッドの上に躯が倒される。パジャマの裾が顎までめくり上げられ、木津が顔を伏せた。

濡れた柔らかいものが肌を這うのを感じ、瑛は戦慄く。

「ではゆっくり……な」

「あ……あ」

軽く歯を立てられ、瑛はもどかしげに膝を立てた。木津の手が、パジャマのズボンを下着ごと引き下ろす。

「先生……」

「舐めなさい」

口元に差し出された木津の指に、瑛は従順に舌を這わせた。つけ根から愛しげに舐め上げ、軽く先端を噛む。それから口の中に招き入れ、しゃぶろうとすると、指はすっと抜き出されてしまった。

「あまり、煽るな」

折角丁寧にしたのに、叱《しか》られてしまう。

「だって、先生」

「先生というのも他人行儀だな。……大周と呼びなさい」

「あの、無理ですそんなの」

軀を開いてはいるが、木津は大事な仕事相手だ。うっかり人前でタイシュウなどと呼んでしまったら困る。

「無理じゃないだろう——瑛？」

何気なく名前を呼ばれ、瑛は狼狽した。

なんだかすごく、恥ずかしくて、嬉しくて、……いたたまれない。

ひとりであわあわしていると蕾に何かが触れた。木津の指だ。濡れた指先がゆっくりと圧を加え、瑛の中に入ってくる。

「……っは、……」

「痛いか?」

「……いいえ……」

指のつけ根まで差し入れられ、動かされた。内壁をこねるように押され、無意識に眉間《みけん》に皺が寄る。

「痛いなら……」

「やです。やめないでください」

木津の肩に縋りつき、瑛は苦しげに喘いだ。

まだ指一本しか入っていないのはわかっている。昨日握らされた木津のモノは明らかに指の何倍も太い。こんなところで音を上げていたら、いつまで経っても軀を繋げる事などできないだろう。

眼を伏せ、できるだけ力を抜こうと努力する。

鉤《かぎ》型に曲げられた指が少しでも瑛の中を広げようと軀の奥で動きまわっている。

ある一点を押された時だった。反射的に瑛の軀が跳ねた。

「……あっ……」

ぴたりと木津の指の動きが止まる。

瑛も息を詰めるようにして己の軀の中に生じた甘い疼きを見定めようとした。

なんだろう。いますごく……変な感じがした。

ゆっくりと木津の指がまた動き始める。瑛が反応した場所を狙《ねら》って肉をこねる。

反応は、顕著だった。

「ひあ、あ……あっ、あう、う……っ」

爪先がきゅっと丸まり、腰が反り返る。

何がなんだかわからなかった。ただ、そこに触れられると――すごく――。

木津が薄い笑みを浮かべるのを、瑛は脅えた眼で見つめた。

「気持ちいいんだろう？」

「よくわかりません」

指が、動く。

「この感覚を覚えておきなさい」

軀の奥をいじり感じさせながら、木津が前にも手をまわした。前と後ろから、瑛を追い上げていく。

――たまらなかった。

「はあ……ン……っ」

木津の眼の前で身悶える。恥ずかしい声を出してしまう。

瑛を感じさせておきながら、木津は襟元ひとつ乱していない。ただ熱の感じられないまなざしで瑛の痴態を眺めている。

冷ややかな視線に、瑛は煽られた。

「先生……っ先生、お願い、もう、やめ……っ」

我慢する事は、できなかった。程なく瑛は身を反らせ、放った。

「お兄さんが君をいじめたくなる気持ちがわかったような気がするよ」

遠くで木津の声が聞こえた。


気を遣ってしまったようだった。

気がつくと明かりはもう落とされており、こほーこほーと鳴く夜鳥の声が聞こえた。

廊下に繋がる扉は開け放たれている。

木津はまだ瑛のベッドにいて、微かな寝息を立てていた。

瑛は脱力し、枕に顔を埋めた。

――また、先にイってしまった――。

気分が、沈む。頑張ろうと思ったのに、今日もうまくセックスできなかった。

――いつまでこうしていられるんだろう。

寝返りを打ち、瑛は木津の寝顔を見つめた。

木津は非の打ち所のないいい男だ。才能も容姿も名声も、何もかも兼ね備えている。人間的な魅力にも溢れていて、自然への造形も深い。

この島に着いてから瑛の毎日は夢のようだった。

興信所からのファックスを見た時にはまるで木津の書く小説の中に入り込んでしまったみたいだとさえ思った。

こんなふうに疑ってはいけないと思うが、木津は作家だ。此処に瑛を引き留めたのも、疵を見たいが為で、瑛を好きだったわけではない。それなのにすんなりと瑛の気持ちを受け容れてくれたのは明らかに不自然だった。

多分木津の気持ちは瑛とは違う。その証拠に好きとは一度も言ってくれていない。木津は瑛が、深い疵を――特別な物語を内包していたから興味を抱いただけなのかもしれない。兄の事が済んでこのストーリーにエンドマークがついたら、木津は瑛への興味を失ってしまうのかも。

パーティーで木津の気を惹こうとしていたドレスの女性を思い出す。多分木津にとっては他人の好意など望むだけ手に入るもので、大した価値などないのだ。

「どうした」

ふと気づくと、木津の灰色の瞳が仄かな月明かりを反射していた。

「あの、僕、ごめんなさい。また勝手に寝てしまって」

「気にするな」

優羽にするように、くしゃりと髪を掻きまわされる。

「でも木津先生、その、満足していないでしょう？　僕、うまくないかもしれないですけど、口でしましょうか？」

「満足は、した」

ごそりと身じろぎ、木津が瑛に身を寄せる。鼻先に戯れるようなくちづけが与えられる。

「意識を失っている君を肴《さかな》に、な」

どういう意味だろうと首を傾げてから瑛は真っ赤になった。つまりはそういう事ではないだろうか。

「先生ともあろう人がなんて事を……っ」

「しーっ、優羽が起きる」

タオルケットの中に引き戻され、気がつけば瑛は、木津の腕の中にすっぽりと囲い込まれていた。

「怒るな。仕方がないだろう。瑛があんな色っぽい格好で失神してしまうのが悪い」

「怒ってはないですけど……色っぽくなんて、ないのに」

「いいや、色っぽかった。しどけなく開いた唇も、贅肉《ぜいにく》など欠片もないすんなりした軀のラインも、己の放った精で濡れた肌も。——思い出すだけで、鳥肌が立つ」

耳元で囁かれ、いたたまれなくなった瑛は耳まで上気させ木津の胸に顔を埋めた。

「先生は、変です」

「そうか?」

淡々とした口調ではあったが、笑っているように瑛には思えた。大きな掌が背中を軽く叩き、眠気を誘う。子供ではないのにと思いつつ、瑛はいつしかまた深い眠りの淵に沈んでいった。

【 *the fifth day* 】

翌朝はインターホンの音で目覚めた。客があるなんて珍しい。

眠い眼を擦りつつ玄関を覗くと、野菜を満載にした手押し車を引いた老人がいた。人見知りをし、木津の後ろに隠れている優羽にあれやこれやと話しかけている。老人の言葉は訛りが強く、優羽は何を言われているのかよくわからないようだ。

「おはようございます」

瑛がぺこりと頭を下げると老人も顔をくしゃくしゃにして会釈をした。手押し車に載せてきたものを下ろし始めたので、瑛も慌てて土間に下りて手を貸す。

おずおずと木津の陰から出て手伝い始めた優羽に、老人はひどく嬉しそうな顔をした。

「ご近所さんで、いつも優羽を気にかけてくれるんだ。家庭菜園でできた野菜をよく持ってきてくれる。優羽は野菜のおじいちゃんと呼んでいるよ。優羽より年下の孫が本土にいるらしい」

手押し車を空にすると老人は帰っていった。

もらった泥つきの野菜を洗ったり葉や枝を毟《むし》ったりして全部処理し、冷蔵庫にしまい込んでから朝食を摂《と》る。

それから瑛は島の小さな診療所に連れていかれた。

すでに痣は薄くなり始めていたが、木津が事情を話すと医者は少し大袈裟《おおげさ》過ぎる程の内容の診断書をその場で作ってくれた。木津は場合によってはこれで警察に被害届を出すつもりらしい。木津の言う通り大人しく従ったものの、できれば穏便に済ませたい瑛は憂鬱になった。

沈んでいるのがわかるのだろう、いつもは木津にくっついている優羽が何か言いたげに瑛の周りをうろうろしている。

「そう落ち込む事はない。これはただの保険だ。できるだけ使わずに済ませる」

「それよりこれを着なさい。町に出掛ける」

「……はい」

「……町、ですか?」

「いろいろ買い物がしたいからな。優羽も着替えてきなさい」

声をかけられた途端優羽の表情がぱあっと明るくなった。町が好きなのか、いそいそと部屋を出ていく。小首を傾げたものの深くは考えず、瑛は木津が渡してくれた服を手に取った。

瑛がここに来た時着ていたスーツとワイシャツだ。クリーニングから帰ってきたのだろう、きちんとプレスされ、ビニールのパッケージに入っている。

町に買い物に行くだけにしては随分きちんとした格好だ。

少し不思議に思いながら着替えて部屋を出ると、やはりおめかしをした優羽が斜めがけのバッグを提げ、靴まで履いて待っていた。それでも癖っ毛はくしゃくしゃのまま、王子様の天真爛漫《らんまん》な魅力を遺憾《いかん》なく発揮している。

木津もTシャツにジーンズという定番の格好ではなかった。ネクタイこそしていないものの、革靴にフォーマルなスラックスをあわせ、薄手のジャケットを羽織っている。

木津がブルーのサングラスをかけると、手足が長くて均整の取れた体格のせいか、ハリウッドスターのようだ。

小道を抜け国道に出ると、木津が呼んだタクシーが待っていた。海岸沿いの道を走り、フェリー乗り場に移動する。この島自体には町らしい町などない。フェリーで少し離れた別の島まで行かねば、まともな買い物もできない。

オフシーズンなだけあってすいているフェリーに乗り込むと、優羽が一番前の席目がけ走り出した。明らかにいつもよりテンションが高い。

「優羽くん、嬉しそうですね。そんなに楽しみな事が町にあるんですか？」

「大したものはないが、今日は優羽の誕生日だからな」

「え、そうなんですか⁉　なんでそんな大事な事をもっと早く教えてくれないんですか？　あ、だからおめかししてたんですね？」

瑛の勢いに木津は押され気味だ。

「ああ……」

「ああもう信じられない。優羽くん、お誕生日おめでとう！」

窓に張りついて外を眺めていた優羽の隣に陣取り、お祝いを言うと、優羽ははにかみ少し目元を緩めた。

「何歳になったの？」

「……八歳」

それだけ言うと、恥ずかしそうに俯いてしまう。

瑛が考えていたよりも優羽の年齢は上だった。小柄で小学二年生にはとても見えないが、そのうち背は伸びるだろう。子供の成長はびっくりする程早いと瑛は知っている。

木津もやってきて、隣に腰を下ろす。おしゃべりをしているとあっという間に時間は過ぎ、フェリーは離島ターミナルへと到着した。ここでもタクシーを拾い、高台にあるリゾートホテルへと移動する。

海の見える上品なレストランで誕生日パーティーをした。木津があらかじめ予約を入れていたのだろう、優羽の名前入りのバースデーケーキまで出てくる。ハッピーバースデーの歌には、レストランスタッフも唱和してくれた。拍手を浴び、優羽が蠟燭《ろうそく》の火を吹き消す。皆に祝われて、優羽は嬉しそうだった。

瑛も家族のように優羽の誕生日を祝えて嬉しかった。

木津は無関心な顔で料理をつついている。そっけないのは単にそういう顔に生まれついてしまったからで、本当はとても優しい人なのだと瑛はもう知っている。

ゆっくりと食事を楽しんだら町へ下り、買い物をした。土産物店で揃《そろ》いの柄のシャツを選んだり、特産の酒を買ったりする。

優羽が誕生日プレゼントにねだったのは、図鑑だった。この辺りの島に生息する動植物を網羅しているらしい。写真がたくさん載っている。紙袋に入れてもらった本を優羽は大事に胸に抱えて歩いた。

瑛もついでに自分用のラッシュガードや水着、その他細々とした小物や着替えを買った。そうしているうちにあっという間にフェリーの最終便の時間になり、三人はターミナルに戻った。疲れたのだろう、プレゼントの入った包みをしっかり抱えてはいるものの、優羽は舟を漕いでいる。

家に帰り着くと優羽は夕食も食べずにベッドに入ってしまった。木津と瑛は仕入れてきた酒を少し楽しんでから、ベッドに入った。優羽のように大人しく眠るのではなく、戯れるために。

【 the sixth day 】

「あれは、オオゴマダラ」

フローリングの床に座り込んだ優羽が買ってもらったばかりの図鑑を膝の上に広げている。掲げた人差し指は、窓の外をひらひらと舞う白と黒の蝶を指していた。

瑛は仕事をする為、ＰＣを広げテーブルに座っていた。次々と読み込まれるメールに眼を通さねばと思うのだが、心が違う方向にふわふわと漂い出してしまい集中できない。

『瑛はとても感じやすいな』

昨夜胸をいじられただけで泣きそうな声を上げた瑛に、木津はそう囁いた。

胸だけではなく、軀のあちこちに淫らな悪戯《いたずら》を仕掛けられる。どれも気持ちがよくて、瑛は馬鹿みたいに喘いでばかりいた。

慣らすためだと後ろに指を入れられた時も同じだった。不快に感じたのは本当に最初だけ、いい場所を探りあてられるとあられもない声を出しよがってしまう。

『そんなに気持ちいいのか?』

少し呆れたように木津が言う。木津が口にする言葉は兄とそう変わらない。自分の淫乱さを指摘する言葉に瑛が羞恥を煽られ熱くなってしまうのも一緒だ。

でも何かが決定的に違った。

『ごめ……ごめんなさ……僕、こんなに、い、淫乱、で……』

また木津より先に達してしまった瑛が半泣きで謝ると、木津は驚いたように眼を見開いた。目を細めて微笑み、瑛の額にキスをする。

『馬鹿だな。瑛が感じてくれた方が嬉しい。むしろ私の方が意地悪をして済まないと謝るべきだろう』

『あ……や……』

達したばかりでまだ余韻に震えている軀をまさぐられ、瑛はひくりと身を竦めた。

『だがもっと瑛にいやらしい事をしたい。……いいかな？』

イヤだという返答も存在するのだという事など、思い浮かびもしなかった。

操り人形のように瑛がこくこく頷くと、木津は淡泊な美貌にひどく意地悪そうな笑みを浮かべた。

そうして——そうして。

うんといやらしい事をされた。

思い出すだけで軀の芯が熱くなる。後ろには三本も指を呑まされたけれど、結局木津自身は瑛の中に挿入される事なく昨夜は終わった。だがもうすぐだと木津も瑛も予感している。

もうすぐもうひとつ先に進められるようになる。

「それから、ミカドアゲハ」

細く弱々しい声に我に返り、瑛はふうと熱っぽい息を吐いた。

同じ部屋に子供がいるのに、なんて事を考えているんだろう。

違う蝶が現れたらしい。優羽は少し口を開けたまま、窓の外を熱心に見つめている。

瑛はメーラーを開いて、最新のメールをクリックする。いますぐ電話を寄越すようにという編集長からのメールを発見し、瑛は眉を顰めた。

携帯の電源は切りっぱなしになっていた。瑛はチェストの上に置かれていた携帯を手に取り、電源を入れた。会社に電話を入れる。

「おはようございます。白倉ですが――」

編集長は離席中だった。代わりに井川が電話に出る。

『ああよかった連絡がついて！　白倉、おまえのお兄さんがさっき会社に来た』

「――え」

『部署の連中、皆会議室に移動していて、部屋にバイトの子しか残っていなくてだな、……結論から言うと、おまえが何処にいるのか、お兄さんに教えてしまったらしい』

血の気が引いた。

場所がわかったら、兄は来る。兄からの連絡を無視した瑛を罰するために。

『その、こんな言い方して悪いが、尋常な様子じゃなかったようだぞ。バイトは身の危険を感じたと言っていた。勿論《もちろん》だからといって木津先生が滞在されている家の場所を教えるなんて論外だがな……すまん』

兄は怒り狂っていたのだろう。

いままで瑛が兄に公然と反旗を翻した事はない。兄がどれだけ瑛を痛めつける気でいるのか想像もつかなかった。捕まえられたら今度こそ殺されるかもしれないとさえ思う。

「いえ、知らせてくださってありがとうございました」

恐怖のあまりくらくらしてきた。地面に足がついている気がしない。

『大事をとってホテルに移動するか、こっちに戻ってきた方がいいと思う。木津先生もだ。何かあったら大変だからな。すぐに相談してみてくれ』

「わかりました」

通話を切って尻ポケットに携帯をしまおうとしたところで優羽と眼があった。瑛の話を聞いていたのだろう。何があったのかまではわからないのだろうが、硝子玉のような瞳を見開き、じっと瑛を凝視している。

どうしたのと尋ねられないのをいい事に、瑛は廊下に逃げた。

瑛のせいでこの子も危険に晒される事になってしまうかもしれない。早くどう動くか決めねばと、木津の仕事部屋へと急ぐ。

木津は仕事をしていたが、瑛はなんの遠慮もなく切り出した。

「先生、兄に僕が此処にいる事を知られてしまいました」

ノートPCに向かっていた木津が眼を上げた。優羽と同じまなざしで瑛を見つめる。

「優羽くんもいるのに……っ。僕のせいで先生にとんでもないご迷惑を……！」

自分で口にした途端、兄が来るのだという恐怖がリアルにこみ上げてきて、瑛は無意識に戸枠を摑んだ。大きく深呼吸して呼吸を整える。

「ホテルに移動するか、東京に帰った方がいいと思います。先生、荷物をまとめてください。どちらにするか決めてくだされば僕が手配しますから——」

「私は此処から動く気はない」

ＰＣに向き直ると、木津はそれまで開いていたファイルを保存して電源を落とした。落ち着き払った動きに焦りが募る。

「だめです。先生は兄の事を知らないんです。僕を引き留めたのが先生だと思ったら、きっと兄は先生を許さない」

木津を殴るかもしれない。瑛にしたように。拳で急所を狙って何度も殴りつけ、堪えきれずうずくまれば蹴りを入れて。痣と血と、苦痛が与えられる。

目眩がした。立っていられず、瑛はその場にしゃがみ込んだ。

「落ち着け、瑛。慌てる必要はない。此処は東京からは遠い。直行便は日に三便しかないし、乗り継いでくればもっと時間がかかる。更にフェリーに乗ってタクシーかレンタカーを探すとなれば、今日中に辿り着けるかもあやしい」

瑛は首を振った。恐怖に駆られた瑛には木津が発した言葉の半分も理解できなかった。

「僕、兄に電話します。僕から会いにいけば、きっと兄は先生たちにまでは手を出さない」

「瑛は私がそんな案に賛成すると思うのか？」

「だって、もし先生が怪我でもしたら！」

木津は小さな溜息をついた。

「私は二度も同じ失敗をするつもりはないよ。……おいで」

少しふらつきながら歩み寄ると、立ち上がった木津が瑛を抱き締めた。

「震えているな。……大丈夫だ、そんなに怖がらなくても」

頬にキスされる。

急に泣きたくなった。子供のように泣きわめいて、この不安を木津にぶつけたい。でもそんな事をしたってなんの意味もない事もわかっていた。だからその代わりに瑛は唇を噛み締め木津の引き締まった軀にしっかりとしがみついた。

「優羽も。何も心配は要《い》らないよ。大丈夫だ」

驚いて振り向くと、優羽が入り口に立っていた。二人の大人の抱擁をじいっと見つめている。

「優羽くん……」

「そろそろ昼食を作ろうか。その間瑛を元気づける役を優羽に頼んでもいいか？」

優羽が胸に顎がつく程深く頷く。大きな頭が転げ落ちてしまいそうだ。

「絶対に眼を離しては駄目だぞ。特に誰かに携帯で電話しようとしたら止めるんだ。わかったね？」

もう一度頷くと、優羽は前に出た。両手で力一杯瑛に抱きついてくる。腹に強く顔を押しつけられるとたまらなくなって、瑛は優羽の頭を抱き返した。

まだ子供なのに。この子は自分を心配してくれている。

軽く優羽の頭を撫で、瑛の唇の端にキスして、木津が部屋を出ていく。優羽の小さな声が聞こえた。

「だいじょうぶだよ。タイシュウとゆうがおにいちゃんを絶対に守ってあげるからね」

瑛はきつく眼を閉じた。

優羽の気持ちは嬉しい。

でも、こんなのは、だめだ。

ぬくぬくと守られていたい気持ちは確かにある。怖い事からは逃げていたい。だがだからと言って自分の代わりになんの関係もない他人を巻き添えにしていい筈がない。

木津が怪我をしたらと想像するだけで気が遠くなりそうだ。

さっきまでとは違う恐怖で、瑛は震えた。

昼食を終え三時になっても、優羽はずっと瑛につきまとっていた。このまま此処にいさせる気なのかと瑛は不安に思っていたが、さすがに木津も優羽を危険に晒す気はなかったらしい。おやつのアイスを食べ終わると立ち上がった。

「優羽、おいで。野菜のおじいちゃんの所へ行こう。夜まで預かってくれるそうだ」

それまで大人しく瑛の隣に座り溶けたアイスを未練がましくスプーンですくおうとしていた優羽が愕然として顔を上げた。

勢いよく首を振る。

「優羽」

木津の口調が柔らかさをなくす。それでも優羽は首がちぎれそうな勢いでぶんぶん首を振った。カップとスプーンを両手に握り締めたまま、意固地に唇を引き結ぶ。

木津が溜息をついた。

つかつかと近づくと、いきなり優羽を抱き上げる。優羽は必死に暴れたが、木津はまるで荷物のように小さな軀を肩に担ぎ上げた。無理矢理にでも老人の家に連れていく気なのだ。

目線をあわせ穏やかに接する姿しか見てこなかった瑛にとっては意外な強引さだったが、優羽が此処にいない方がいいのは確かだった。瑛も立ち上がり玄関に向かう木津の後を追う。

「優羽くん、ごめんね。後で迎えに行くから……！」

木津の肩の上から覗く優羽の顔が歪む。

「――やだ！」

思いの外大きな声が廊下に響く。

「瑛は此処で待っていなさい」

淡々とそう言い置き、木津は家を出ていった。瑛は土間の半ばに立ったまま、嫌な気持ちを噛み締めた。

優羽も瑛を〝守ってあげる〟つもりだったのだろう。なのに蚊帳の外に追い出され……傷ついた。

とぼとぼと食堂に戻り、おやつの後片づけをする。しばらくして木津が帰ってきた。

「先生、優羽くん、大丈夫ですか？」

「もうすぐ暗くなるから大丈夫だろう。あの子は蛇が怖いから夜は外に出ない。藪に近づくのも嫌がっていただろう？」

そうだったろうか、と瑛は首を傾げる。だが木津が言うからにはそうなのだろう。

「此処で兄を待つ気なんですか？」

「人目のない所で話をしたいからな」

平然とそう答えられ、瑛は瞠目した。

人目がないという事は、兄が何をしても止めてくれる存在がないという事だ。

瑛の不安に気づいたのだろう、木津が瑛の肩を抱いた。

「大丈夫だ。身を護《まも》る術《すべ》は心得ている。優羽の前では言えなかったが、ハイスクールの時私に切りつけた三人は、私以上にひどい怪我を負った。優羽の父親もだ。今度は君と二人、こちらの方が数が多いし、何かあったら手を打ってもらうよう友人に頼んである」

「でも兄は……弱く、ないです」

「それは無抵抗な君を相手にした時の話だ。そうだろう?」

瑛は身震いした。

木津は状況を甘く見ているんじゃないかという気がしてならない。

「僕は、怖いです」

木津の指先が、瑛の頬をなだめるように撫でた。

「そうだろうな。君は長年かけてそういうふうに反応するように刷り込まれてしまっている。お兄さんの方が正しくて、お兄さんには勝てないのだと。だがそれは間違いだ。君の心の中にある檻《おり》から一歩出る事ができさえすればわかる。君は弱くないし、お兄さんに屈服する理由だって本当はひとつもない」

軽く唇をついばまれる。

「君は本当は自由なんだ。しようと思えばなんだってできる」

「よく――わかりません」

本当は。わかっていないのは木津の方なのだろうと瑛は思っていた。兄に逆らうなんて事ができるわけがないのだ。でも木津は、瑛ではないからそれがわからない。

二人とも食堂にPCを持ち込みテーブルに座った。瑛はまるで集中できなかったが、木津は落ち着き払っていた。仕事に集中しているらしい。淀みなくキーボードを叩く音が聞こえる。

日没と同時に雨が降り始めた。風も強くなり、食堂の大きな窓の向こうで椰子の木が大きくたわんでいる。いつもならフクロウや蛙《かえる》の控え目な鳴き声が聞こえる程度なのに、ジャングル全体がざわめいていた。葉を叩く雨の音や木々の間を吹き抜ける風の音でうるさいくらいだ。

時間が過ぎるのがやけに遅い。

瑛は仕事をするのを諦め頬杖をつくと、木津を見つめた。

「今日はもう来ないんじゃないでしょうか。この嵐《あらし》ですし、フェリーの最終も随分前に終わってしまってますし」

木津が壁かけ時計に眼を遣る。

「今日の今日で来るなんて、考えてみたら無理ですよね。きっと今日は――」

言葉を途切らせ、瑛は凍りついた。

壁の向こう側でくぐもった音が響いた。何か大きな物を叩きつけたような音だ。

瑛は竦み上がって音が聞こえた方向を見つめた。冷蔵庫の裏から飛び出てきたやもりが壁を走っていく。

「先生」

ＰＣの蓋を閉め、木津が立ち上がった。

「少し外の様子を見てくる。ここで待っていなさい」

「でも――」

木津が廊下へと出ていく。もはや仕事をする気にもなれず、瑛は両手を握りあわせ、その場に立ち竦んだ。

部屋のどこかでやもりが鳴いている。

誰もいないのに、誰かがいるような気がした。

兄が、瑛を見ている。

やはり木津についていこうと踏み出しかけた時だった。ぎしりとまた大きな音が響いた。

今度は壁の向こう側ではない。同じ空間で生じた音だ。

雨の音が一際大きくなる。

見たくない。

そう思ったが、勝手に首がねじれていく。音源を確認せずにはいられないのだ。怖いけれど、見て、ちゃんと確認したい。兄など――いないのだと。

だが、兄は、いた。

濡れ鼠で食堂の奥に立っている。いつも出勤する時着ているグレーのスーツが完全に水を吸い、黒っぽく見えた。濡れた髪が顔を半ばまで隠している。

瑛は、幻だと思った。

だがそうではなかった。その証拠に兄の後ろ、食堂の奥にある勝手口が開いていた。

瑛は此処に勝手口がある事自体を忘れていた。一度も人が出入りするのを見た事がなかったからだ。かつては扉の外からビーチへ抜ける小道が伸びていたようだが、いまでは森が扉の前まで迫っている。じめじめしているため蛇もよく出没するらしい。

扉の前にはマガジンラックが置かれていたが兄によって押しのけられ、床にぶちまけられた雑誌類は滴で濡れていた。

瑛は蛇に睨《にら》まれた蛙のように竦んだ。

兄がつかつかと近づく。瑛の、強張った腕を摑む。

「――来い」

短く命じられ、瑛はようやく我に返った。

「い──や……いやですッ、兄さん……っ」

どこか遠慮がちに兄の手を振り払おうとする。

「来いって言っているだろうが！」

いきなり怒鳴られ瑛の心臓は縮み上がった。兄は瑛を力尽くで勝手口の方へ引きずっていこうとする。瑛は半狂乱になって助けを求めた。

「いやだッ！　先生！　先生……っ！」

嫌だった。また殴られて、玄関のフックに繋がれるなんて。考えるだけでぞっとした。

それに今回は多分、そんな事では済まない。

必死に足を踏ん張り抵抗すると、兄が振り向くなり右手を振り上げた。

──殴られる。

とっさに両手で頭を庇ったが、衝撃までは殺しきれなかった。翳した手ごと側頭部を打たれ、瑛は床に転がった。

「──う」

兄の暴力はいつも一度では終わらない。次の攻撃に備え瑛が軀を丸めた、その時だった。

小さな足音が傍らを走り抜けた。

驚いて顔を上げると、小さな子供が兄の足にしがみついている。

「なんだ──？」

「おにいちゃんを、ぶっちゃダメ！」

瑛の顔から血の気が引いた。

優羽だ。

折角預かってもらったのに、戻ってきてしまったのだ。この嵐の中を。多分、ひとりで。

瑛を、助けるために。

「だめ、優羽！」

兄の手は容易に小柄な子供を引き剝がした。小さな軀が、床に転がる。濡れた雑誌の中に倒れた優羽はそのまま動かない。

瑛の中で、何かが切れた。

「優羽……！」

駆け寄ろうとする瑛の腕を兄がまた摑んだ。再び勝手口へと引きずっていこうとする腕を、瑛は今度は力一杯振り払った。自由になった右手を脇へと引く。兄の顎を狙い、体重を乗せて突き出す。

瑛の拳は狙い通り兄の頬にヒットした。皮膚の下にある顎の骨は硬く、拳に鈍い痛みを感じたが、最後まで振り抜くと兄は大きくよろめき数歩下がった。

「いいかげんに、して……！」

許せなかった。

自分だけならともかく、優羽に手を上げるなんて。

初めて自分の意志で兄に抵抗した事にも気づかないまま、瑛は兄を睨みつけた。油断なく両手を脇に構えたまま一歩踏み出し威嚇する。

激昂《げっこう》し更に激しく殴ろうとするだろうという瑛の予想に反し、兄は大きく眼を見開いたまま動かなかった。茫然と瑛を見つめている。

静かな声が食堂に響いた。

「瑛、もういい。下がっていなさい。優羽、おまえも大丈夫だな」

木津が食堂の入り口にいた。外に出ていたのだろう、髪が濡れている。

「ん」

優羽は両手を突き、不器用に起き上がろうとしていた。対峙する瑛と兄の間を無造作に横切った木津が優羽に手を貸す。

どこも痛がっている様子はない。怪我はないようだ。

「私たちはこの人と話がある。優羽は自分の部屋に行きなさい」

「やだ」

「優羽」

「やだ！」

頑として言う事を聞こうとしない優羽に木津は迷っているようだったが、絶対に退かないとばかりに腹に抱きつかれ、溜息をついた。細い肩を抱き返してやり、兄に向き直る。

「――さて君が瑛の兄か」

濡れた髪を掻き上げ、兄は少し緩んでいたネクタイを直した。瑛と争ってなどいなかったかのように取り繕い、用心深い眼つきで木津と対峙《たいじ》する。

「おっしゃる通り、これの兄の白倉成貴《なるたか》です。勝手に上がり込んで申し訳ない。用が済んだらすぐ退散しますのでご容赦ください。瑛、帰るぞ」

瑛は首を振った。

「――嫌です」

「瑛！」

凶暴なまなざしを瑛は跳ね返した。木津が淡々と口を挟む。

「彼は子供じゃない。何処にいようが君が干渉すべきではないと思うが」

「弟がまともならそうでしょう。ですが弟は精神的に不安定な所がある。連絡が取れなくなったからいよいよ危ないと思ってわざわざ迎えに来たんですよ、俺は。弟を、心配して」

木津が薄く笑みを浮かべた。

「会社の人間を脅しつけて場所を聞き出して、か？」

「脅しつけてなんかいませんよ。ただひどくつっけんどんな対応だったので苛立って、多少口調が荒くなってしまったかもしれませんが、まあ、仕方がありません。どうせ弟がまた俺

について妙な事を吹き込んだんでしょうから」

「妙な事とは？」

兄は困ったように微笑んだ。その顔からは先刻までの凶暴さは綺麗に拭い去られている。

「弟には自傷癖があるんです。自分で自分の軀を傷つけるけれど、自分では認められないんでしょう。誰かに尋ねられれば俺に暴力を受けたと言う」

まるで本当に弟に手を焼く兄のように嘯かれ、瑛は愕然とした。

「——嘘だ」

「実の兄弟じゃないからなんでしょうね。前にも近所の人にそんなふうに言われてびっくりした事があります」

「え？」

近所？　なんの話だ？

「大方弟は、その顔の痣も俺の仕業だとあなたに言ったんじゃないですか？　どうです？」

木津の返事を待つ兄は誠実そうに見えた。背筋を冷たいものが這い上がってくる。

「嘘です！　先生、僕、自分でこんな事したりしません！」

「瑛」

兄が優しい声で咎める。呆れたようなまなざしはまるで瑛が本当におかしいみたいだ。

——それとも本当に自分がおかしかったんだろうか。

その考えは蛇のようにするりと瑛の頭の中に忍び入ってきた。

狂っているから兄にひどい事をされたと思い込んでいるだけなんだろうか。

冷静に考えればまともじゃない。実の兄弟の間であんな事をするなんて。

――まさか。

灰色の瞳が瑛を捕らえる。不意にそのまなざしから逃げ出したい衝動がこみ上げてきて、瑛は掌を握り締めた。

木津がおもむろに兄に尋ねる。

「隣人というのは、矢野《やの》氏の事かな」

木津の口から自分の隣人の名が出てきた事に瑛は驚いた。

「なるほど、君は瑛が矢野氏に自分でそう言ったんだと思い込んでいたわけだ。確かに矢野氏は十年ほど前、瑛が暴力を受けていると気づき注意しようとして、君にその様な説明を受けた。だが矢野氏は君の法螺《ほら》話など信じてはいないよ。いまだに隣家から悲痛な悲鳴が聞こえてくる事を非常に気にされている」

「悲鳴――だって?」

兄の眼に不穏な光が灯った。

「そうだ。音が漏れるとは考えなかったのか？　瑛にそれとなく聞こうとしてもなんでもないとはぐらかされてしまうのだと、矢野氏は心を痛めていた。本人に否定されては手が出せないからな」

兄は驚いているようだったが、瑛もまた、兄に負けないくらい驚いていた。

「矢野さんが――」

お兄さんとはうまくやっているのかね？

ぎこちなく話しかけてきた老人に、にっこりと微笑み返したのを覚えている。

はい、と瑛は言った。兄弟ができて嬉しいです、とも。

時々悲鳴めいた声が聞こえてくるがと突っ込まれた時には苛立ちを覚えた。その頃にはもう兄の不幸な身の上は近所中に知れ渡っていた。皆可哀想な継子《まま こ》に興味津々で、瑛はこの老人も興味本位で尋ねてきたのだろうと思った。

助けてくれようとしていたなんて、気づかなかった。

あるいは、認めたくなかったのかもしれない。自分が兄に、ひどい事をされているという事を。

「さて、ここに瑛の怪我の診断書がある。君が瑛にまだ手を出す気なら、まずこれを警察に持っていく」

木津の言葉を兄は鼻で笑った。

「――くだらない。あの年寄りの話を真に受ける気ですか？　あなたは偉い作家先生かもしれませんが、人の家庭の事情に首を突っ込もうとするのはやめてください。これは単なる

——兄弟喧嘩に過ぎない」

「君はまだ自分の置かれている状況がわかっていないらしいな。君のしている事は犯罪だ。立派な傷害事件だよ」

兄の表情が変わる。木津が軽く手を翳し兄を制した。

「これ以上馬鹿な事はしない方がいい。瑛の会社の人間も、私の弁護士も君がここに来る事を知っている」

「なんの証拠もないのに俺を罪に陥れられるわけは——」

足掻《あが》く兄に木津が薄く笑った。

「君が瑛を繋ぐのに使った手錠、あれには指紋も血痕もたっぷり残っていたそうだぞ。いままで誰にも見咎められなかったから安心していたのか？　何回か動画も残しているな」

兄が息を呑んだ。

「一体どうやって——あんたまさか勝手にうちに——」

「瑛が持ち出したとは考えないのか？」

「……まさか！」

兄に凝視され、瑛は眼を逸らした。もちろん瑛は兄の物を持ち出してはいない。

「どれだけ瑛が君から逃れたがっていたか、君はわかっていないようだな。それに君が問題にすべきはそこじゃない。もし起訴されたらまず確実に君はS銀行を解雇されるだろう。一流企業は体面を重んじる。実の弟への性的暴力で訴えられるような男を雇い続けるわけがない」

兄の拳が震え始める。

「それとも私を訴えてみるか？　私はずっとこの離島にいた。私の雇った者たちはこういう事態を扱うのに慣れている。君の望む結果を引き出すのは難しいと思うぞ。今の生活を失いたくなければ二度と瑛には手を出さない事だな。瑛は君の人形ではない。もう君の思う通りにはならないと、さっきのでわかった筈だ」

「他人が勝手な事を言うな。こいつらのせいで、俺の母は——」

怒りに震える声に、瑛は脅え眼を伏せた。だが兄が最後まで言い終わるより早く、木津がきっぱりと言い放った。

「君の母親は自殺だ。誰に殺されたのでもない。自分で死んだんだ」

今度は瑛が顔色を変えた。かあっと頭に血が昇る。

——なんて無神経な事を言うんだろう。お母さんの事は、いまの話とは関係ないのに。

木津が自分のために駆け引きしてくれている事も忘れ、瑛は木津に食ってかかった。

「やめてください！　そんなひどい事を兄さんに言うのはやめて！」

優羽が目を丸くして瑛を見上げている。

木津は器用に片方の眉だけ上げ、シャツを摑む瑛の手首を摑んだ。それから兄へと視線を遣る。

瑛の剣幕に、兄は驚いたようだった。口を少し開けたまま、瑛を見つめている。

木津が瑛に向き直る。他人にしては少し近過ぎる距離で瑛に現実を教える。

「だが、それが事実だ。可哀想だからと哀れんでいてはこの男はいつまでも君に依存するぞ」

木津の揶揄《やゆ》に兄は敏感に反応した。

「依存、だと？」

「そうだろう？　瑛は絶対に君を拒絶しない。まるで母親のようにな。君は瑛を痛めつける事で試している。瑛がどこまで自分を許してくれるのか——愛してくれているのか」

兄は、笑った。

「馬鹿馬鹿しい」

木津も薄い微笑みを浮かべた。

「そうだな。いまの君には気づけない。きっと失ってから驚く。自分が失ったものの大きさに」

握っていた手首を軽く撫でてから木津は瑛を解放した。

「さて、用事は終わった。この家から出ていきたまえ」

瑛は眉をひそめ、窓の外へと眼を遣った。

外は、相変わらず嵐だった。湿度の高い雨の夜はハブが出ると聞いている。

心配しても兄は怒るだけだろうと思いつつも、瑛は口を挟まずにはいられなかった。

「先生、外は嵐ですし、フェリーはもう」

「瑛、なぜそんな心配をする。こんな男、嵐の中に追い出せばいい。君はこの男に散々痛めつけられてきたんだろう?」

どうしてそんなひどい事を言うのかと、瑛は眉尻を下げた。

「そんな事ができるわけないじゃないですか。兄さんは——本当は悪い人じゃないんです」

ちらりと眼を遣ると、兄は瑛を凝視していた。強すぎる視線に、瑛はやはり兄の不興を買ってしまったかと身を竦める。

木津は苦笑し、携帯を取り出した。

「ホテルに連絡してやろう。オフシーズンだからな。迎えの車くらい寄越してくれるだろう」

木津が電話をかけ始めると、兄は崩れるように椅子に座り込んだ。ひどく疲れた顔をしている。

優羽はまだ木津の腰に細い両腕を回していた。瑛は膝に手をつき身を屈めると、優羽の顔を覗き込んだ。

「優羽くん、大丈夫だった? ごめんね、大きな声を出して」

子供は力なく頭を振った。それから両手を差し伸べる。

瑛は少し戸惑ったものの、おずおずと軀を寄せ、子供を抱き締めてみた。

優羽は強くしがみついてくる。濡れた癖っ毛を見下ろしているうちに愛おしい気持ちが湧き上がってきて、瑛も優羽の背を抱き締めた。

この子はこんなに小さな軀で自分を助けようとしてくれたのだ。その気持ちが嬉しい。

電話を終えた木津が優羽を見下ろす。

「野菜のおじいちゃんはどうした」

いつもと同じ淡々とした声がどこか冷ややかに響く。怒られるとわかっているのだろう、優羽は何も言わず瑛の胸元に顔を押しつけた。

「勝手に帰ってきたのか？　この雨の中を」

瑛にしがみつく手の力が強くなる。

不意に木津が優羽を瑛から引き剝がした。脅えて瑛のシャツを離そうとしない優羽を叱りつける。

「優羽！　どうして私の言いつけを守れないんだ」

優羽の顔が泣きそうに歪んだ。

「先生！」

思わず木津から取り戻すと、瑛はくしゃくしゃの頭をよしよしと撫でてやった。

優羽は瑛を助けようとして来たのだ。たとえ小さ過ぎてなんの役にも立たないとしても、こんな嵐の中ひとりで帰ってくるのが危険な行為だったとしても、瑛には優羽を責められない。

優羽は意固地に唇を引き結び、ギリギリのところで涙を堪えている。

木津が冷ややかに子供を見下ろした。

「どうして怒られたのかわかるか、優羽」

小さな声で優羽が答えた。

「ゆうが……大切だから……」

「わかっているなら」

不意に優羽が顔を上げた。涙をいっぱいに溜めた眼で木津を睨みつける。

「でもゆうだって、おにいちゃんとタイシュウが大切だもん！」

叫ぶように訴えられ、瑛は胸が締めつけられるように痛くなるのを感じた。

「優羽くん…！」

木津が膝を突き、優羽の軀を抱き締めた。背中を丸め、小さな軀をもう離さないとばかりに抱え込む。優羽も伸び上がると、木津の首にしがみついた。

瑛も小さな頭にキスをする。

「ありがとう……ごめんんね。ごめんね、優羽くん」

抱き締めあう二人を、兄はどこかぼんやりとした表情で眺めていた。

ホテルが寄越してくれた車に乗って兄が去ると、三人は一緒のベッドに入って眠った。何度か小さな足に蹴飛ばされて眼が覚めたが、子供の高めの体温を感じるとなんだかほっとした。

【 the seventh day 】

「次の本は君のところで出してもらう」

軒先に広げたデッキチェアに座り海を眺めていた瑛は物憂げに顔を上げた。

「決定――ですか?」

その手の中には骨のような珊瑚の欠片がひとつ載っている。

「そうだ。決定事項だ。そう上に伝えなさい。既に構想もほぼ固まっている。打ち合わせに入りたい」

先刻まで午後の焼けつくような陽射しが眼に痛い程だったのに、陽が翳ってきていた。ぽつりとサンダルの先に雨粒が落ちる。

出版を確定するという事はこの出張の終わりを意味する。瑛は東京に戻り――それから、どうなるのだろう。

兄はもう瑛に暴力を振るわない筈だが、なんだか実感が湧かなくて、瑛はぼんやりとした不安に苛まれていた。

「担当は」

見る見るうちに雨足が強くなり、景色は鉛色に変わり始める。

「井川に頼みたい」

瑛は手の中の珊瑚を見つめた。

「元々担当を変えて欲しいとは私は言っていないんだ。返事を引き延ばしているところで君の名を出したから、井川が気をまわしただけで。君の能力を疑うわけじゃないが、作品を作るのはやはり程々の距離がある相手との方がいいと思う」

「──はい」

言葉を飾らなくてもいいのに。

とうとう怖れていた時が来てしまったのだと瑛は思った。

木津は自分を遠ざける気なのだ。瑛の背負っていた物語にはエンドマークがついてしまったから、だからもう木津にとって瑛は必要でなくなってしまった。

瑛は遠くの海に眼をやる。不思議な事に少し先の海には陽が出ていた。雨のカーテンを透かし、コバルトブルーの海が見える。強い陽射しにきらめきとても綺麗だ。

どんな扱いを受けようと、瑛は文句を言える立場にはなかった。いままで付き合ってくれた事に礼を言ってもいいくらいだ。

木津は瑛には不釣りあいな相手だった。容姿も才能も、セックスについての知識も瑛はてんで話にならなかった。結局瑛には疵以外の魅力など、なかったのだ。おまけに、男。木津はそんな瑛に優しくしてくれた上、手を尽くし兄から解放してくれた。

捨てないでなんて贅沢《ぜいたく》は言えない。瑛は、一介の編集者に過ぎないのだ。約束通り出版権を得られた事で満足すべきだ。

「週明けには此処を引き払って東京に帰る。それまでなら君も同行できるだろう?」

「はい」

割り切ろうと思っても哀しかった。憂鬱な気分で瑛は、遠く光る海を見つめた。

木津を再び得られる可能性はゼロではないのだろうが、今はそれを摑める気がしない。

「お兄さんはもう手を出してはこないだろうが、物理的にも距離を置いた方がいい。幸いにも私の家は大きく、部屋が空いている。君は私の家に引っ越してきたらいい」

「——はい?」

瑛は、瞬いた。

何を言われたのか、理解できない。

木津を見つめると、眼を逸らされた。少し口調が早口になる。

「ああ、もしそれで君に不都合があるようなら、うちを拠点にして別の所を探せばいい。私としてはずっと家にいて欲しいと思っているが——どうだ?」

あまり表情が変わらないからわかりにくいが、木津は緊張しているようだ。

変だな、と瑛は思った。なんだか木津に同居して欲しいと言われているような気がする。

もう瑛は、要らない筈なのに。

「その、私は仕事に集中してしまうととても偏屈になるし、うちにはいささか口うるさい姉が出入りしているが、気を使う必要などない。好きにしてくれて、構わないから」

光が。

差してくる。

「お姉さんて、優羽くんのお母さんですよね」

「そうだ」

優羽の母親は木津の普通の幸せを願っていた筈だ。瑛は慎重に言葉を探した。

「優羽くん、この間言っていました。お母さんはとても木津先生のこと心配されているって。早く――イイヒトを見つけて欲しいって」

狼狽えるかと思った木津は、目尻に皺を寄せた。

「君を見せたら姉は安心するだろうな」

柔らかな表情に、瑛は狼狽える。

「僕は、男なのに?」

「男だろうが女だろうが、構わないさ。姉も私も結婚なんてものには幻滅している。いいパートナーが得られればそれだけでいいと思っているんだよ」

釈然としない顔をしている瑛に、木津は苦く笑んでみせた。

「姉が選んだ男は、父にそっくりだった。いや子供に手を上げないだけ、父よりマシか」

ぎしりと、胸が軋んだような気がした。

「――まさか木津先生のお父様も？」

木津は薄い笑みらしきものを覗かせると、その場に腰を下ろした。見る見る明るくなる海を眺めつつ、注意深く隠されていた疵を見せる。

「子供の頃は父を殺してやる事ばかり考えていたよ」

温厚だとばかり思っていた木津の過激な言葉は、瑛に衝撃を与えた。

「どうしようもない男でも家族だったから、母はただ耐え続けていたし、助けてくれる人もいなかった。あの頃の私にはいまの優羽程の勇気もなかったから、いつも父の視界に入らないよう小さくなって震えていた。母や姉を守れない自分が私はとても――嫌いだった」

木津は深く息を吐き出した。

「結局私が何かできるようになる前に父は事故で死んでしまったが、いまも父のような人間は許せない」

ああそうだったのか。

切ないような気持ちが湧き上がってくる。

木津の善意を疑う必要などなかった。木津は、知っていたのだ。肉親から与えられる疵の痛みを。蜘蛛《くも》の巣のようにまとわりつき逃れる事を許さない、忌まわしい家族の絆《きずな》を。

だから瑛の疵に気づいてくれた。手を尽くして救おうとしてくれた。

優しい人。

瑛はデッキチェアから下りた。手の中から珊瑚が落ちたのにも気づかず膝を突き、背中を丸めている木津を後ろから抱き締める。

「——僕、先生は小説の題材を得たいがために此処に呼び寄せられたのかと思っていました。兄との事が終わったら、僕たちも——終わってしまうんじゃないかって思って、怖かった」

「心外だな」

木津を抱く腕に、手が添えられる。振り向いた木津のこめかみに瑛はくちづけた。

「でも僕は、綺麗でもないしなんの取り柄もないし。先生ならどんな素敵な人でも選《よ》り取り見取りでしょう？　パーティーでも、すごい美人と一緒にいらした」

「——あれは受付にいた男性が誰か、聞き出そうとしていたんだ。彼女は顔が広いから」

瑛は、きょとんとした。受付にいた男性は、瑛だけだ。

だがあの時木津はまだ瑛の手首の傷を見ていない。瑛について知りたがる理由がない。

「どうしてですか？」

「……気になったんだよ」

暑いのだろう、木津の額に汗が浮いている。

「僕、何か変でしたか？」

木津に眼をつけられるような、とんでもないミスをしたとか？

「そういう意味じゃない。――鈍い奴だな」

木津が軀をねじり、瑛を振り返る。腕を摑み、逃げられないように引き寄せる。

「――あの？」

「多分、一目惚《ぼ》れって奴だ」

一目惚れ。一目見て、好きになってしまう現象の事。

だが瑛は凡庸な人間である。一目で惚れられてしまうような魅力などない。

「――ええと、一体どうして」

「そんな事は私にだってわからない。とにかく気になって、でもまあちょっと話してみれば気の迷いだとわかるかと思ってトイレまで追いかけていってみた。そうしたら君の手首には痛々しい傷があって――」

その時の事を思い出してしまったのだろう、木津の眉間に皺が寄った。

「――それで、ますます気になってしまった。井川にどんな人間か尋ねてみたら勝手に深読みして資料を持たせて送り込んでくるし、来たら手首の傷が悪化しているどころか顔に痣が増えているし。どうにも放っておけなくなって初めて売れっ子小説家の立場を利用した」

「……嘘です。だって、僕がここに着いた時、先生すごく感じが悪かった。全然好きなようには見えませんでした」

「仕方がないだろう。緊張していたんだ」

「緊張……」

意外すぎる。

瑛の躯が更に近く引き寄せられる。木津の頭が赦《ゆる》しを乞うように、胸元に押しあてられる。

「むしろ私の方がどうして君が私を好きになってくれたのか不思議に思っている。別に私の作品が欲しいからでも構わないが——」

瑛は愕然とした。瑛が木津を小説の題材目当てではないかと疑っていたように、木津も瑛が小説を書かせるためにその身を任せたのではないかと疑っていたらしい。

自分の気持ちをそんなふうには思って欲しくない。身勝手な願いではあるが、瑛は必死に訴えた。

「そんな事あるわけないじゃないですかっ！　仕事のために男の人と寝るなんて——」

木津の目尻に皺が寄る。酷薄な灰色の瞳が柔らかな光を放つ。

「——よかった」

胸元に押しあてられていた木津の顔が仰向き、瑛の唇を吸った。ちゅ、と濡れた音を立てて離れると、瑛は両手で木津の頭を抱え込んだ。

「木津先生だから、なんです。木津先生だから、僕は」

「ああ、変な事を言って悪かった」

木津の掌が腰にまわる。木津に借りた、サイズの大きなTシャツの下にもぐり込む。

「先生……」

唇が吸われる。

ついばむように何度も角度を変え、唇の柔らかさを味わう。

いつの間にか雨雲は去っていた。庇の外はまた、白い光に満ちている。

「あ……」

大きな掌に尻を摑まれ思わせぶりに揉まれて、瑛は木津にしがみついた。軀はすっかり熱を孕んでしまっている。

耳元で囁かれ、軀が震えた。先に立ち上がった木津が手を引いてくれる。はい、と小さく応え、瑛は後に続いた。

「部屋に、行こう」

光に溢れた屋外から入ると、家の中はひどく薄暗かった。ベッドルームに入り、木津が鍵を閉める。

昼寝をしている優羽が眼を覚まさない事を瑛は祈った。眼が覚めて木津を捜しに来た優羽が自分だけ締め出されている事に気づいたら可哀想だ。

上に引っかけていたシャツを脱いだ木津が、瑛のTシャツをめくり上げる。素直に頭を抜いて裸身を晒すと、木津は少し陽に灼けた瑛の胸元に掌をあてた。

「この肌にあの男が触れたのだと聞いた時には怒りで頭の中が真っ白になったよ」

腹までゆっくりと撫で下ろし、首筋を軽く吸う。

「もう誰にも触れさせてはいけない」

「――はい、先生……」

立ったまま、キスをする。唇が触れあう度、じんわりとした熱が木津から送り込まれてくるような気がした。

熱が上がる。

木津が欲しくてたまらない。

ファスナーが下ろされ、下着の中に滑り込んできた手に喉が鳴った。

「あ……あ」

陰茎を掴まれる。手の中でやわやわと揉み込まれると焦れったくて、瑛は腰を擦りつけてしまった。

「……おや瑛は堪え性がないな」

からかうように木津が笑う。目尻に生まれた皺に大人の男の色気を感じる。

「こういう僕は、いや……？」

腰を揺らしながら尋ねると、木津はこくりと喉を鳴らした。

「いいや」

するりと手が抜き出される。木津が性急に服を脱ぎ捨てる。引き締まった軀は初めて見た時と同じく強く瑛を魅了した。

「さあベッドへおいで」

シーツの上に仰向けになった瑛の上に、木津が乗り上がってくる。下腹が密着し、性器が擦りあわされる。

「あ……熱い……」

木津に触れた部分が、痺れるようだ。

木津が、キスをする。

無防備な喉元に、感じやすい胸元に、期待におののく足のつけ根に。

優しい愛撫に心まで蕩けてゆく。

「ね、せんせ……。僕が先生の家に引っ越したら、きっと皆びっくりします、ね……」

大きく足を割り開かれ内腿にキスされて、瑛が震えながら言うと、木津は頭を振った。肌に触れる髪さえあえかな快感を生む。

「それより、安心するんじゃないか。今後の私の作品を確保できるという事だし――井川は君を心配していたし」

「井川さんが?」

指がぬく、と軀の内側に挿し入れられ、瑛は少し軀を強張らせた。大きく息を吸い、力を抜こうと試みる。既に指一本だけならなんの抵抗もなく呑み込めるようになっていた。

「治りかける度またひどく悪化する手首の傷に彼は大分前から気づいていたそうだ。君が袖の長いシャツを選ぶだけで傷自体を隠そうとはしなかったから」

躯の中で指が蠢く。

瑛は浅く速い呼吸を繰り返した。

「……以前サポーターで隠していたら逆に手首を切ったんじゃないかって噂《うわさ》になってしまったからやめたんです。擦り傷と痣だけならいくらでも言い抜けられますし。……でも知っていたんですか、井川さんは……」

「合意の上で変わったプレイを楽しんでいるなら尋ねたりするのは失礼だしと、彼なりに悩んでいたようだぞ」

指が増やされ、瑛はわずかに身をよじった。

「それにしても先生は、一体どれだけの人から話を聞き出したんですか。ずっと此処にいらしたのに」

くいと指を曲げられ、下肢が戦慄く。

「どれだけだろうな」

瑛の内部を拓きながら、胸元にキスをする木津の首に両手をまわす。木津は少し頭を傾け、瑛の手首にくちづけた。

「もう二度と此処に傷は作らせない」

ごく薄く残った痣の上を、軽く噛まれる。

胸が熱くなった。

「先生……」

眼を潤ませた瑛の柔らかくなった肉を木津の指がぐるりとこね喘がせる。そうしてから木津は瑛の中にもう一本指をねじ込んできた。三本もの指を呑まされ、入り口の皮膚がぴんと張りつめる。

裂けてしまいそうな恐怖を感じたが、そうしているのは木津だ。嫌だとはちっとも思わなかった。逆にどんな要求にも従いたい、そんな危うい欲求を覚える。

木津にならどんなに無茶苦茶にされてもいい。壊されても、殺されてもいい。

「痛く、ないか」

「へいき、です……。だから、せんせ、もう指だけじゃなくて先生の……入れてください」

シーツに頬を擦りつけねだると、軀の中で蠢いていた指が止まった。

「せんせい……？」

「瑛……君のおねだりは強烈過ぎる」

困ったような顔でそんな事を言われ、瑛は首を傾げた。

強烈って、なんでだろう？

わかっていない瑛の後ろから指が引き抜かれる。腰の下に枕が押し込まれ、膝が折られる。秘部を晒す恥ずかしい格好を強いられ、瑛は赤面した。

「せんせい」

「ゆっくり入れるからな。我慢できなくなったら、言いなさい」

柔らかく解かれた場所に、濡れたものがひたりと押しあてられる。膝を抱えるようにして軀を丸めているため、瑛からも入れようとしているものが見えた。

清廉な木津のイメージにそぐわない、猛りきったモノが瑛を貫こうとしている。

「……あ……」

入り口が押し開かれる。太いモノが、狭い瑛の中に無理矢理押し入ってくる。

「あ……あ……」

指よりもずっと大きくて硬い。凶器のようなそれを突き立てられるのは痛かったが、そんなのは些細な事だった。

木津とひとつになれる幸福に、瑛は酔った。

根元まで素直に呑み込む。震えながらやわやわと木津を締めつける。

「大丈夫か、瑛」

濡れた目元を木津の指先が拭ってくれた。

「へ……き、です。でも、あの、動かないで……」

繋がった場所がひどく熱い。脈打っているのをはっきりと感じる。だが木津の拍動なのか、自分の鼓動なのか区別がつかない。

自分の中に木津を感じられる。それが、嬉しい。

少し、ぼうっとしていたようだった。

「瑛」

苦しげな木津の囁きに瑛は眼を上げた。木津の額からぽとりと汗の粒が落ちる。

「瑛、悪い……動きたい」

「あ……」

瑛は、はっとした。動きたいのを我慢してくれていたのだろう、シーツを握り締める木津の手が細かく震えている。

「ごめんなさい、先生。大丈夫です。動いて……でもあの、ゆっくりお願いします……」

「難しい注文だな」

木津が腰を使い始める。ゆっくりとではあるが軀の中をこねられると、苦しくて眉根が寄ってしまう。

「あ、あ……っ」

「苦しいのか、瑛」

「あ、……あううっ」

不意に軀をびくつかせ、瑛の内部が収縮した。

苦しいのに一瞬だけ、鮮烈な快感が走った。

この感覚は、知っている。木津に指でいじられている時、感じたもの。でももっと大きなもので突かれているせいか快楽は怖くなる程に大きかった。

「この辺、か……?」

木津が探るように瑛の中を突く。だがなかなかうまく目標を捕らえる事ができない。逆にあちこち無理に押されて苦しくなる。

「やっ、あ……っ、先生……っ」

「……難しいな。瑛、自分で腰を動かしてごらん。気持ちよかった場所を覚えているだろう? そこに自分であてるようにするんだ」

「ええ……?」

そんなの、無理だ。こんな事をする事自体、初めてなのに。

恨みがましい眼で木津を見つめるが、逆に前を捕らえられてしまう。

「さあ、ほら」

「先生、だめ……っ」

嫌だと首を振るが、萎《な》えかけていたそれをいじられるとどうしようもなく気持ちがよくなってしまう。

……そしてもっと気持ちよくなりたくなる。

瑛はぎこちなく腰を揺すり始めた。足を突っ張り、欲しい場所に木津の切っ先があたるよう狙う。

「あ……あ、イ……」

うまくあたるとじんとそこが痺れた。

でも仰向けになった格好だと動きにくくて、思うようにソコにあてられない。

「ん……ん……っ」

もどかしく腰をくねらせていると木津の手が瑛の腰を捕らえた。鋼のような腕で不意に上半身を抱え上げられ、小さな悲鳴をあげる。軀の中で木津の角度が変わり、ぐりりと内壁をえぐられた。その瞬間、瑛は木津にしがみついた。

「あああああっ」

軀が爆発してしまうかと思った。強過ぎる快楽に、脳髄が溶けそうだ。

気がついたときには、瑛は木津の膝の上に載せられていた。……繋がったまま。

「先生……？」

「この方が動きやすいだろう？」

「で、でも……」

動きやすいが、その分だけ恥ずかしい。戸惑う瑛の腰を掴み、木津が軽く揺する。

「大丈夫だ。さあ」

その動きで、自重で深く呑み込んでしまった木津に一番深い場所をくすぐられてしまった。

「あっ、そ、こは……っ」

いい。

すごく、いい。

自分で軽く腰を揺すったら、もう止められなくなってしまった。そこに木津があたるよう淫猥に腰をまわし、擦りつけてしまう。木津が見ているると知っているのに止められない。淫らな己を恥じ、瑛は顔を背ける。

「先生、見ないで……っ」

もう触れられていないのに、前は硬く張りつめていた。イイ場所にあたる度びくびくと震え蜜を漏らすせいで、そこら中ぐしょぐしょだ。

「もう痛くなさそうだな」

軽く下から突き上げられ、瑛はのけぞった。

「だ……め……っ」

だめだと言っているのに、木津はやめてくれない。更に激しく突き上げられ、木津を呑む肉が痙攣《けいれん》する。気持ちよ過ぎて頭がおかしくなりそうだ。

「ああ……嘘、だめ、なのに……っ」

もうやめたいのに、腰は勝手に動いて更に強い快楽を貪ろうとする。

「あ……も、ダメ……っ。先生、許し、て……っ」

「先生じゃない。大周だ。そう呼ばないとやめてやらない」

何も考えられなかった。瑛は木津に命じられるまま、もつれる舌でその名を紡いだ。

「たい、しゅ……っ、おねが……っ」

軀の中で木津がびくびくと跳ねる。おまけに前に絡みついてきた指に絶頂へと追い上げられて。

頭の芯が白く灼けた。前から勢いよく白濁が飛び散る。それまで感じた事のない強い悦楽に、気が遠くなった。ふにゃりと崩れかけた軀を、木津が支える。

「瑛、大丈夫か……?」

「あ……あ」

達した余韻に軀がびくびくと震える。痙攣する粘膜が木津を締めつけているのをはっきりと感じる。

「ごめんなさい……僕、また、先に……」

ひどく、恥ずかしかった。

初めてなのに瑛はひどく乱れ、感じてしまった。ネットで得た情報によると、後ろで快楽を得るのはそう簡単な事ではないらしい。やはり自分の軀は淫乱なのだろうかと気が塞ぐ。

だが落ち込んでいる余裕などなかった。

「謝る事はない。だがもう少し、な……」

力の抜けた軀がシーツの上に下ろされる。仰向けになった瑛に軽くくちづけると、木津は腰を引いた。ずるりと怒張したままのモノが抜けていく。

「あ……ん」

達したばかりで敏感な軀が震えた。

抜ける寸前で、木津が止まる。そうしてまた根元まで勢いよく突き入れられて、瑛はのけぞった。

「だ、め……っ」

爪先にまで甘い痺れが走る。

木津がしっかりと瑛の腰を摑んだ。またギリギリまで引き抜かれ、突き立てられる。容赦なく攻め立てられ、瑛はもがいた。

「あ、あ。いや、先生……っ！　そんなにしたら、こわれ、ちゃいます……っ」

「大周、だ」

ほんとうに。きもちがよ過ぎて、こわれそう。

瑛の内部が慣れたせいか、木津がコツを摑んだのか、突かれる度張り出した部分がイイ場所をえぐる。

「たいしゅ……許し、て……っ」

強過ぎる快楽に脅え、瑛は啜り泣いた。

達したばかりなのに前が硬く張っている。でも木津は後ろを穿《うが》つのに夢中でそこは放ったらかしだ。

瑛はおずおずと前へと手を伸ばした。木津の動きにあわせ腰を揺すりながら、前もいじる。冷ややかな灰色の視線を感じるがやめられない。

「イ、く……」

泣きながら上りつめ、二回目の頂を極めた時だった。

ヒクつききゅうきゅうと搾る肉の一番奥まで切っ先をねじ込む。

木津が低く呻いた。

「ひあ……っ」

熱いものが軀の奥で迸ったのを瑛は確かに感じた。その衝撃に瑛の腰が反る。ひくりひくりと軀を震わせ、瑛はまた自分が軽くイってしまった事を知った。

【 *epilogue* 】

「起こしたらダメだぞ、優羽」

「起こさないもん」

ひそひそと交わされる会話に眼が覚めた。

ぱちりと開いた眼の前で頬杖を突いた優羽が瑛の顔を覗き込んでいる。相変わらず髪はくしゃくしゃだが、鳥の巣のようなところが逆に、可愛い。

「ゆう、くん？」

ようやく絞り出した声はひどく掠れていた。

小さな掌が湿った額に押しあてられる。

「おねつがあるから、起きちゃだめ」

真剣に言い聞かせる子供の向こうから気配が戻ってきた。

「眼が覚めたか、瑛」

「先生……」

いつもきちんと身だしなみを整えている木津の顎に薄く無精ひげが浮いていた。髪も少しもつれている。

「悪い。無理をさせた」

木津は優羽が肘を突いている隣に腰を下ろした。流麗な顔が近づき、優羽の真似をするように掌が額に押しつけられる。いつも熱く感じられる木津の掌がひんやり心地よかった。

確かに軀が熱っぽい。頭の芯がぼうっとしている。

「いえ。大丈夫です。いま、何時ですか？」

「もう昼になる。微熱があるから寝ていた方がいい」

チェストの上にある小さな時計の針は十一時をまわっていた。ブラインド越しに眼を灼く白い光が漏れている。どうやら半日以上眠ってしまったらしいと理解した瑛は小さな溜息をついた。

「ご心配おかけして、すみませんでした」

「いや、私のせいだから。いい年をしてがっついてすまない。次からはもう少し自重する」

小さな声で囁かれ、次か、と瑛は頭の中で繰り返した。

ちゃんと次も、あるんだ。

「何か冷たい飲み物でも持ってこよう」

ぎしりとベッドが揺れ、木津が食堂へと消えていく。頭をねじ向け長身を見送った優羽がしかつめらしく尋ねた。

「タイシュウはおにいちゃんに、どんな悪い事したの？」

瑛がいじめられたとでも思ったのだろう。大真面目に見つめる子供に瑛は微笑み返す。

「秘密」

優羽の頬が不満げに膨らんだ。

洗濯したての匂いがする枕カバーにもたれ、瑛は眼を閉じた。

瞼の裏にはこの島に来た時飛行機の中から見た緑の島が浮かんでいる。それから島を囲む信じられない程美しい海と、やはり夢のように澄んだ空。

もうすぐあのルートを逆に辿り、瑛は東京に帰る。だが瑛はもうこの島に来た時の瑛とは違う。東京に戻れば、かつてとは違う日常が待っている。

痣の殆ど消えた頬に冷たいグラスが押しあてられ、瑛は眼を開いた。薄い硝子はライムグリーンに染まって見える。ありふれた冷茶の色でさえやけに美しい。

特に木津の青みがかった灰色の瞳は、この世の何にも代えられない、素晴らしい宝玉のように見えた。

昨日僕はこの人とひとつになったんだ。

ふつふつと喜びがこみ上げてくる。木津との行為には、痛みも恐怖もない。思い出すとただ、ふわふわとした綿飴《わたあめ》のような幸福感に包まれる。

「先生、好きです」

こみ上げてきた気持ちのまま告げると、木津は優羽の頭をひょいとシーツの上に押さえつけて目隠しし、キスをしてくれた。

あとがき

こんにちは。シャレードでははじめまして。成瀬かのです。この本をお手に取ってくださって、ありがとうございました！　今回は私の長年の憧れの地だった南の島が舞台のお話です。

ちょうど友人と旅行の打ち合わせに行く途中で思いつき、翌日にプロットを立てて提出、旅行から帰ってきてからお話を仕上げるという、自分でもびっくりのスケジュール進行でした。南の島の海は私の表現では追いつかないくらい綺麗でしたし、たくさんの野生の生き物を見る事ができました。ハブも一晩で三匹も発見できるという大漁っぷりでした。他にもたくさん書きたいシーンがあったのに書けなくて残念です。

六芦かえで様、素敵な挿絵をありがとうございました。担当様もお世話になりました！

ではまた次の本でお会いできることを祈りながら。

http://karen.saiin.net/~shocola/dd/dd.html　成瀬かの

成瀬かの先生、六芦かえで先生へのお便り、
本作品に関するご意見、ご感想などは
〒101-8405
東京都千代田区三崎町2-18-11
二見書房　シャレード文庫
「珊瑚の骨」係まで。

本作品は書き下ろしです

CHARADE BUNKO

珊瑚《さんご》の骨《ほね》

【著者】成瀬《なるせ》かの

【発行所】株式会社二見書房
東京都千代田区三崎町2-18-11
電話　03(3515)2311［営業］
　　　03(3515)2314［編集］
振替　00170-4-2639
【印刷】株式会社堀内印刷所
【製本】ナショナル製本協同組合

ISBN978-4-576-11139-1

http://charade.futami.co.jp/